U0057015

一本到位！新日檢N3滿分單字書

麥美弘 著／佐藤美帆 審訂

新日檢N3單字就靠這一本！得心應手，輕鬆滿分！

作者序

從「背單字」來奠定「新日檢」的「滿分」應考實力

同樣一句日語，可以有各種不同的說法，有時只要改變其中的「動詞」，就可以讓同樣的一句話，呈現出不同的表現與難易度，這就是語言學習上最活潑有趣的地方。

以「從事農業的人變少了。」這個句子為例：

在新日檢N3的級別中，它是「農業(のうぎょう)をしている人(ひと)は少(すく)なくなった。」；但在新日檢 N1 的級別中，它可以說成「農業(のうぎょう)に従事(じゅうじ)している人(ひと)は少(すく)なくなった。」；或是「農業(のうぎょう)に携(たずさ)わっている人(ひと)は少(すく)なくなった。」。

像這樣，隨著不同級別的單字數逐漸累積，讀者們也能逐漸感受到自己日語表現的進步與成長。

本《新日檢滿分單字書》系列書，有八大特色：

（1）讓每個單字出現在相對應的級別；如果一個單字有出現在不同級別的可能性，我們選擇讓它出現在較基礎的級別（如新日檢 N5、N4 都有可能考，我們就讓它出現在 N5）。

（2）除了單字以外，連例句也盡量使用相同級別的單字來造句，以 N5 的句子為例：「弟(おとうと)は　音楽(おんがく)を　聞(き)きながら、本(ほん)を　読(よ)みます。」（弟弟一邊聽音樂，一邊看書。），句中所選用的單字，如「名詞」弟(おとうと)（弟弟）、音楽(おんがく)（音樂）、本(ほん)（書）；「動詞」聞(き)く（聽）、読(よ)む（看）；以及「接續助詞」ながら（一邊～，一邊～），都是新日檢 N5 的單字範圍，之所以這樣煞費苦心地挑選，就是希望應考者能夠掌握該級別必學的單字，而且學得得心應手。

（3）在「分類」上，先採用「詞性」來分類，再以「五十音」的順序排列，讓讀者方便查詢。

（4）在「文體」上，為了讀者學習的方便，在N5、N4中，以「美化體」呈現；在N3中，以「美化體與常體混搭」的方式呈現；在N2、N1中，則以「常體」呈現。

（5）在「重音標記」上，參照「**大辞林**（日本「三省堂」出版）」來標示，並參考現實生活中東京的實際發音，微幅調整。

（6）在「漢字標記」上，參照「**大辞林**（日本「三省堂」出版）」來標示，並參考現實生活中的實際使用情形，略作刪減。

（7）在「自他動詞標記」上，參照「**標準国語辞典**（日本「旺文社」出版）」來標示。

（8）最後將每個單字，依據「實際使用頻率」來標示三顆星、兩顆星、一顆星，與零顆星的「星號」，星號越多的越常用，提供讀者作為參考。

在N3中，總共收錄了1470個單字，其分布如下：

分類	單字數	百分比
3-1 名詞 · 代名詞	826	56.19%
3-2 形容詞	26	1.77%
3-3 形容動詞	58	3.95%
3-4 動詞 · 補助動詞	430	29.25%
3-5 副詞	61	4.15%
3-6 接頭語 · 接尾語	40	2.72%
3-7 其他	29	1.97%

從以上的比率可以看出，只要依據詞性的分類，就能掌握單字學習與背誦的重點，如此一來，背單字將不再是一件難事。最後，衷心希望讀者們能藉由本書，輕鬆奠定「新日檢」的應考實力，祝福大家一次到位，滿分過關！

李美弘

戰勝新日檢，掌握日語關鍵能力

元氣日語編輯小組

日本語能力測驗（**日本語能力試験**）是由「日本國際教育支援協會」及「日本國際交流基金會」，在日本及世界各地為日語學習者測試其日語能力的測驗。自1984年開辦，迄今超過30多年，每年報考人數節節升高，是世界上規模最大、也最具公信力的日語考試。

❋ 新日檢是什麼？

近年來，除了一般學習日語的學生之外，更有許多社會人士，為了在日本生活、就業、工作晉升等各種不同理由，參加日本語能力測驗。同時，日本語能力測驗實行30多年來，語言教育學、測驗理論等的變遷，漸有改革提案及建言。在許多專家的縝密研擬之下，自2010年起實施新制日本語能力測驗（以下簡稱新日檢），滿足各層面的日語檢定需求。

除了日語相關知識之外，新日檢更重視「活用日語」的能力，因此特別在題目中加重溝通能力的測驗。目前執行的新日檢為5級制（N1、N2、N3、N4、N5），新制的「N」除了代表「日語（Nihongo）」，也代表「新（New）」。

❋ 新日檢N3的考試科目有什麼？

新日檢N3的考試科目，分為「言語知識（文字・語彙）」、「言語知識（文法）・讀解」與「聽解」三科考試，計分則為「言語知識（文字・語彙・文法）」、「讀解」、「聽解」各60分，總分180分。詳細考題如後文所述。

新日檢N3總分為180分，並設立各科基本分數標準，也就是總分須通過合格分數（=通過標準）之外，各科也須達到一定成績（=通過門檻），如果總分達到合格分數，但有一科成績未達到通過門檻，亦不算是合格。N3之總分通過標準及各分科成績通過門檻請見下表。

從分數的分配來看，「聽解」與「讀解」的比重都較以往的考試提高，尤其是聽解部分，分數佔比約為1/3，表示新日檢將透過提高聽力與閱讀能力來測試考生的語言應用能力。

N3總分通過標準及各分科成績通過門檻			
總分通過標準	得分範圍	0~180	
	通過標準	95	
分科成績通過門檻	言語知識（文字・語彙・文法）	得分範圍	0~60
		通過門檻	19
	讀解	得分範圍	0~60
		通過門檻	19
	聽解	得分範圍	0~60
		通過門檻	19

從上表得知，考生必須總分超過95分，同時「言語知識（文字・語彙・文法）」、「讀解」、「聽解」皆不得低於19分，方能取得N3合格證書。

此外，根據新發表的內容，新日檢N3合格的目標，是希望考生能對日常生活中常用的日文有一定程度的理解。

<table>
<tr><th colspan="3">新日檢程度標準</th></tr>
<tr><td rowspan="2">新日檢N3</td><td>閱讀（讀解）</td><td>・能閱讀理解與日常生活相關、內容具體的文章。
・能大致掌握報紙標題等的資訊概要。
・與一般日常生活相關的文章，即便難度稍高，只要調整敘述方式，就能理解其概要。</td></tr>
<tr><td>聽力（聽解）</td><td>・以接近自然速度聽取日常生活中各種場合的對話，並能大致理解話語的內容、對話人物的關係。</td></tr>
</table>

❋ 新日檢N3的考題有什麼？

要準備新日檢N3，考生不能只靠死記硬背，而必須整體提升日文應用能力。考試內容整理如下表所示：

<table>
<tr><th colspan="2" rowspan="2">考試科目（時間）</th><th colspan="4">題型</th></tr>
<tr><th colspan="2">大題</th><th>內容</th><th>題數</th></tr>
<tr><td rowspan="5">言語知識（文字・語彙）考試時間30分鐘</td><td rowspan="5">文字・語彙</td><td>1</td><td>漢字讀音</td><td>選擇漢字的讀音</td><td>8</td></tr>
<tr><td>2</td><td>表記</td><td>選擇適當的漢字</td><td>6</td></tr>
<tr><td>3</td><td>文脈規定</td><td>根據句子選擇正確的單字意思</td><td>11</td></tr>
<tr><td>4</td><td>近義詞</td><td>選擇與題目意思最接近的單字</td><td>5</td></tr>
<tr><td>5</td><td>用法</td><td>選擇題目在句子中正確的用法</td><td>5</td></tr>
<tr><td rowspan="3">言語知識（文法）・讀解 考試時間70分鐘</td><td rowspan="3">文法</td><td>1</td><td>文法1
（判斷文法形式）</td><td>選擇正確句型</td><td>13</td></tr>
<tr><td>2</td><td>文法2
（組合文句）</td><td>句子重組（排序）</td><td>5</td></tr>
<tr><td>3</td><td>文章文法</td><td>文章中的填空（克漏字），根據文脈，選出適當的語彙或句型</td><td>5</td></tr>
</table>

<table>
<tr><th rowspan="2" colspan="2">考試科目
（時間）</th><th colspan="4">題型</th></tr>
<tr><th colspan="2">大題</th><th>內容</th><th>題數</th></tr>
<tr><td rowspan="4">言語知識（文法）・讀解
考試時間70分鐘</td><td rowspan="4">讀解</td><td>4</td><td>內容理解
（短文）</td><td>閱讀題目（包含生活、工作等各式話題，約150～200字的文章），測驗是否理解其內容</td><td>4</td></tr>
<tr><td>5</td><td>內容理解
（中文）</td><td>閱讀題目（解說、隨筆等，約350字的文章），測驗是否理解其因果關係或關鍵字</td><td>6</td></tr>
<tr><td>6</td><td>內容理解
（長文）</td><td>閱讀題目（經過改寫的解說、隨筆、書信等，約550字的文章），測驗是否能夠理解其概要</td><td>4</td></tr>
<tr><td>7</td><td>資訊檢索</td><td>閱讀題目（廣告、傳單等，約600字），測驗是否能找出必要的資訊</td><td>2</td></tr>
<tr><td rowspan="5" colspan="2">聽解
考試時間40分鐘</td><td>1</td><td>課題理解</td><td>聽取具體的資訊，選擇適當的答案，測驗是否理解接下來該做的動作</td><td>6</td></tr>
<tr><td>2</td><td>重點理解</td><td>先提示問題，再聽取內容並選擇正確的答案，測驗是否能掌握對話的重點</td><td>6</td></tr>
<tr><td>3</td><td>概要理解</td><td>測驗是否能從聽力題目中，理解說話者的意圖或主張</td><td>3</td></tr>
<tr><td>4</td><td>說話表現</td><td>邊看圖邊聽說明，選擇適當的話語</td><td>4</td></tr>
<tr><td>5</td><td>即時應答</td><td>聽取單方提問或會話，選擇適當的回答</td><td>9</td></tr>
</table>

其他關於新日檢的各項改革資訊，可逕查閱「日本語能力試驗」官方網站http://www.jlpt.jp/。

❋ 台灣地區新日檢相關考試訊息

測驗日期：每年七月及十二月第一個星期日

測驗級數及時間：N1、N2在下午舉行；N3、N4、N5在上午舉行

測驗地點：台北、桃園、台中、高雄

報名時間：第一回約於四月初，第二回約於九月初

實施機構：財團法人語言訓練測驗中心
（02）2365-5050
http://www.lttc.ntu.edu.tw/JLPT.htm

名詞

あ行

あア

アイス【ice】	冰 ★★	■ アイスコーヒーが飲みたいです。（我）想喝冰咖啡。
アイスクリーム【ice cream】	冰淇淋 ★★	■ アイスクリームが溶けてしまった。冰淇淋融化了。
あいて【相手】	①夥伴；共事者②對象；對手；對方 ★★★	■ ①彼は一緒に仕事をしている相手です。他是一起工作的夥伴。②彼氏は結婚相手に相応しい。男友是合適的結婚對象。
アイデア・アイディア【idea】	主意・想法 ★★	■ それはいいアイディアです。那是個好主意。
アイロン【iron】	熨斗	■ シャツにアイロンをかける。燙襯衫。
あお【青】	藍色；青色；綠色 ★★	■ 「青」は英語の「ブルー」に相当する。「青」相當於英語的「blue」。
あか【赤】	紅色 ★★	■ 信号は赤です。號誌是紅的。
アクション【action】	動作；行動	■ 父はアクション映画が好きです。爸爸喜歡動作片。
あくび【欠伸】	呵欠	■ あの子はあくびをしながら、勉強をしています。那個孩子正邊打呵欠邊讀書。
あご【顎・頷】	下巴	■ 彼女は痩せているのに、何故二重あごなのか。她明明很瘦，為何有雙下巴呢？
あさ【麻】	大麻；麻紗	■ このシャツは麻でできている。這件襯衫是用麻紗做的。
あしくび【足首・足頸】	腳踝	■ 足首を捻挫した。扭到腳踝了。
あたり【辺り】	①周圍・附近、一帶②左右 ★★★	■ ①この辺りにはコンビニがありますか。這附近有便利商店嗎？②会議は水曜日辺りから行うだろう。會議大約從週三開始舉行吧！

012 / 013

STEP.1 依詞性分類索引學習

本書採用「詞性」分類，分成七大單元，按右側索引可搜尋想要學習的詞性，每個詞性內的單字，均依照五十音順序條列，學習清晰明確。

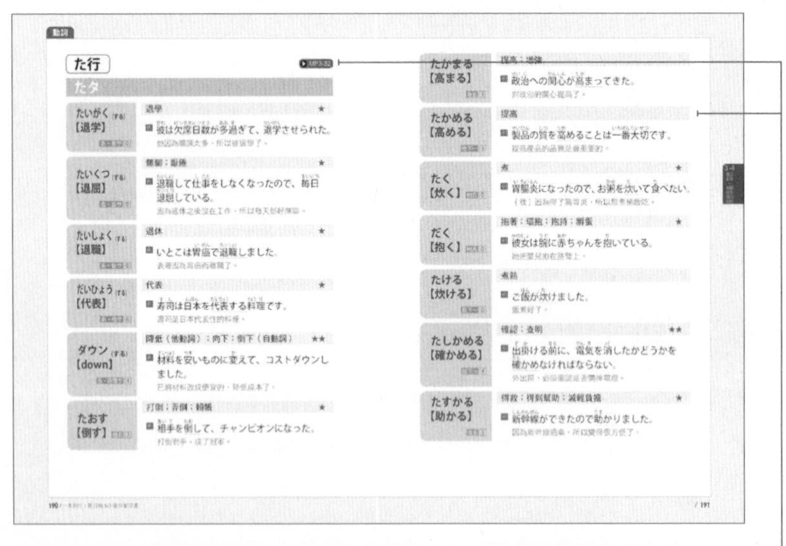

動詞

た行

MP3-32

たタ

たいがく（する）【退学】	退學 ★	■ 彼は欠席日数が多過ぎて、退学させられた。他因為曠課太多，所以被退學了。
たいくつ（する）【退屈】	無聊；厭倦 ★	■ 退職して仕事をしなくなったので、毎日退屈している。因為退休之後沒在工作，所以每天都好無聊。
たいしょく（する）【退職】	退休 ★	■ いとこは胃癌で退職しました。表哥因為胃癌而離職了。
だいひょう（する）【代表】	代表 ★	■ 寿司は日本を代表する料理です。壽司是日本代表性的料理。
ダウン（する）【down】	降低（他動詞）；向下；倒下（自動詞） ★★	■ 材料を安いものに変えて、コストダウンしました。已將材料改成便宜的，降低成本了。
たおす【倒す】	打倒；弄倒；輸贏 ★	■ 相手を倒して、チャンピオンになった。打倒對手，成了冠軍。
たかまる【高まる】	提高；增強	■ 政治への関心が高まってきた。對政治的關心提高了。
たかめる【高める】	提高	■ 製品の質を高めることは一番大切です。提高產品的品質是最重要的。
たく【炊く】	煮 ★	■ 胃腸炎になったので、お粥を炊いて食べたい。（我）因為得了腸胃炎，所以想煮稀飯吃。
だく【抱く】	抱著；環抱；抱持；孵蛋 ★	■ 彼女は腕に赤ちゃんを抱いている。她把嬰兒抱在臂彎上。
たける【炊ける】	煮熟	■ ご飯が炊けました。飯煮好了。
たしかめる【確かめる】	確認；查明 ★★	■ 出掛ける前に、電気を消したかどうかを確かめなければならない。外出前，必須確認是否關掉電燈。
たすかる【助かる】	得救；得到幫助；減輕負擔 ★	■ 新幹線ができたので助かりました。因為新幹線通車，所以變得很方便了。

190 / 191

STEP.2 單字背誦、例句練習、音檔複習

先學習單字的發音及重音，全書的重音參照「**大辭林**（日本「三省堂」出版）」，並參考現實生活中東京實際發音微幅調整，輔以例句練習，最後可掃描封面 QR Code，聽聽日籍老師親錄標準日語 MP3，一起跟著唸。

3-2 形容詞

かゆい【痒い】 2
癢的 ★
目がとても痒いです。
眼睛非常癢。

きつい 0 2
①嚴苛的②費力的③太緊的 ★★
①そんなきつい話し方では駄目です。
採取那麼嚴苛的說話方式是不行的。
②この仕事はきついです。
這份工作很費力。
③このスカートは少しきついです。
這條裙子有點緊。

くさい【臭い】 2
臭的 ★★
この豆腐はとても臭いです。
這塊豆腐非常臭。

くやしい【悔しい・口惜しい】 3
不甘心的 ★
試験に落ちて、本当に悔しいです。
沒考上真的很不甘心。

くるしい【苦しい】 3
痛苦的 ★★
今の生活は苦しいです。
現在的生活很痛苦。

くわしい【詳しい・委しい・精しい】 3
①詳細的②熟悉的，精通的 ★★
①詳しく説明してください。
請詳細說明。
②彼女は英文法に詳しいです。
她精通英文文法。

/ 139

STEP.3 依照星號區分重要度

每個單字均根據「實際使用頻率」，也就是「實際考試易考度」來標示「星號」。依照使用頻率的高低，而有三顆星、兩顆星、一顆星，與零顆星的區別，提供讀者作為參考。

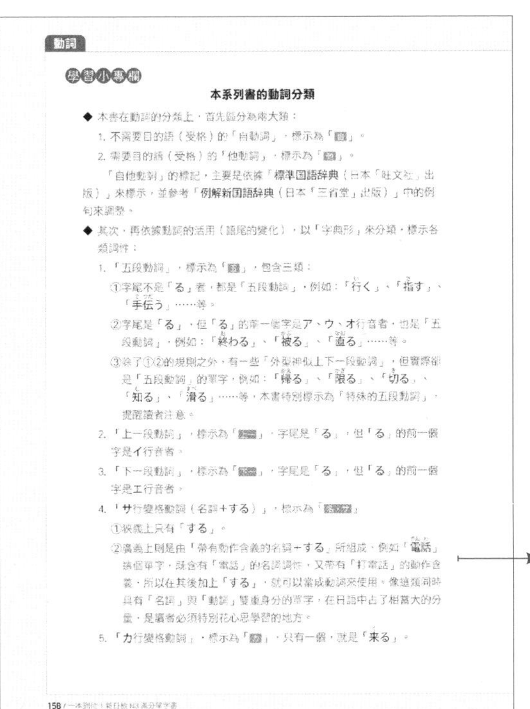

動詞

學習小專欄

本系列書的動詞分類

◆ 本書在動詞的分類上，首先區分為兩大類：
1. 不需要目的語（受格）的「自動詞」，標示為「自」。
2. 需要目的語（受格）的「他動詞」，標示為「他」。

「自他動詞」的標記，主要是依據「**標準国語辞典**（日本「旺文社」出版）」來標示，並參考「**例解新国語辞典**（日本「三省堂」出版）」中的例句來調整。

◆ 其次，再依據動詞的活用（語尾的變化），以「字典形」來分類，標示各類詞性：
1. 「五段動詞」，標示為「五」，包含三類：
①字尾不是「る」者，都是「五段動詞」，例如：「行く」、「指す」、「手伝う」……等。
②字尾是「る」，但「る」的前一個字是ア、ウ、オ行音者，也是「五段動詞」，例如：「終わる」、「被る」、「直る」……等。
③除了①②的規則之外，有一些「外型神似上下一段動詞」，但實際卻是「五段動詞」的單字，例如：「帰る」、「限る」、「切る」、「知る」、「滑る」……等，本書特別標示為「特殊的五段動詞」，提醒讀者注意。
2. 「上一段動詞」，標示為「上一」，字尾是「る」，但「る」的前一個字是イ行音者。
3. 「下一段動詞」，標示為「下一」，字尾是「る」，但「る」的前一個字是エ行音者。
4. 「サ行變格動詞（名詞＋する）」，標示為「名・サ」
①狹義上只有「する」。
②廣義上則是由「帶有動作含義的名詞＋する」所組成，例如「電話」這個單字，既含有「電話」的名詞詞性，又帶有「打電話」的動作含義，所以在其後加上「する」，就可以當成動詞來使用。像這類同時具有「名詞」與「動詞」雙重身分的單字，在日語中占了相當大的分量，是讀者必須特別花心思學習的地方。
5. 「カ行變格動詞」，標示為「カ」，只有一個，就是「来る」。

158 / 一本到位！新日檢N3滿分單字書

STEP.4 小專欄學習貼心提醒

附上學習小專欄，針對容易混淆的文法與觀念加強解說，貼心提醒。

目次

3-1
名詞 ・ 代名詞

新日檢 N3 當中，「名詞 ・ 代名詞」出現的比例過半，占了 56.19%。其中「外來語」為數眾多，如「アナウンサー（播報員）」、「クラスメート（同班同學）」、「ファストフード（速食）」、「プリペイドカード（預付卡）」……等；也有「和語＋外來語」或是「外來語＋和語」的表現，如「電子（でんし）レンジ（電子微波爐）」、「バス停（てい）（公車站）」、「フライ返（がえ）し（鍋鏟）」、「ローマ字（じ）（羅馬字）」……等；此外，有許多「動詞第二變化」的「名詞形」，如「飾（かざ）り（裝飾）」、「決（き）まり（習慣）」、「下（くだ）り（下坡）」、「乗（の）り換（か）え（轉乘）」……等，都是需要認真背誦的實用單字。

あ行

MP3-01

あア

アイス【ice】 1

冰 ★★

例 アイスコーヒーが飲(の)みたいです。

（我）想喝冰咖啡。

アイスクリーム【ice cream】 5

冰淇淋 ★★

例 アイスクリームが溶(と)けてしまった。

冰淇淋融化了。

あいて【相手】 3

①夥伴；共事者②對象；對手；對方 ★★★

例 ①彼(かれ)は一緒(いっしょ)に仕事(しごと)をしている相手(あいて)です。

他是一起工作的夥伴。

②彼氏(かれし)は結婚相手(けっこんあいて)に相応(ふさわ)しい。

男友是合適的結婚對象。

アイデア・アイディア【idea】 1 3

主意，想法 ★★

例 それはいいアイディアです。

那是個好主意。

アイロン【iron】 0

熨斗

例 シャツにアイロンをかける。

燙襯衫。

あお【青】 1

藍色；青色；綠色 ★★

例 「青(あお)」は英語(えいご)の「ブルー」に相当(そうとう)する。

「青(あお)」相當於英語的「blue」。

あか【赤】 1

紅色 ★★

例 信号は赤です。

號誌是紅的。

アクション【action】 1

動作；行動

例 父はアクション映画が好きです。

爸爸喜歡動作片。

あくび【欠伸】 0

呵欠

例 あの子はあくびをしながら、勉強をしています。

那個孩子正邊打呵欠邊讀書。

あご【顎・頷】 2

下巴

例 彼女は痩せているのに、何故二重あごなのか。

她明明很瘦，為何有雙下巴呢？

あさ【麻】 2

大麻；麻紗

例 このシャツは麻でできている。

這件襯衫是用麻紗做的。

あしくび【足首・足頸】 2 3

腳踝

例 足首を捻挫した。

扭到腳踝了。

あたり【辺り】 1

①周圍，附近，一帶②左右 ★★★

例 ①この辺りにはコンビニがありますか。

這附近有便利商店嗎？

②会議は水曜日辺りから行うだろう。

會議大約從週三開始舉行吧！

あたりまえ【当たり前・当り前】 0

當然 ★★★

例 こんなことをしたら、叱られるのは当たり前だ。

做這種事，被罵是當然的。

あつまり【集まり】 3 0

聚會；集合；收集 ★

例 来週の木曜日に集まりがあります。

下週四有聚會。

あてな【宛名】 0

收件人姓名

例 宛名を教えてください。

請告訴我收件人姓名。

アドバイス【advice】 1 3

忠告，建議 ★★

例 医者が健康に関するアドバイスをした。

醫生提供了有關健康的忠告。

あな【穴・孔】 2

洞穴；窟窿 ★

例 蛇が穴から出て来た。

蛇從洞穴出來了。

アナウンサー【announcer】 3

廣播員；播報員 ★

例 お好きな女性アナウンサーは誰ですか。

喜歡的女播報員是誰呢？

アニメ 1 0 **アニメーション【animation】** 3

卡通 ★★

例 彼は世界で有名なアニメ（ーション）作家です。

他是世界聞名的動畫家。

あぶら【油・脂】 0

①油②脂肪；油脂 ★★

例 ①油(あぶら)で蝦(えび)を揚(あ)げます。
用油炸蝦子。

②脂(あぶら)の多(おお)い牛肉(ぎゅうにく)の調理法(ちょうりほう)を教(おし)えてください。
請教我油脂多的牛肉的烹調法。

アマチュア【amateur】 0

外行；業餘 ★★

例 彼(かれ)はアマチュア選手(せんしゅ)です。
他是業餘選手。

あら【粗】 2

粗糙；毛病

例 うっかりすると、すぐ粗(あら)が出(で)る。
一不注意，馬上就會出問題。

アルバム【album】 0

相簿 ★

例 アルバムには、古(ふる)い写真(しゃしん)がたくさんあります。
相簿中有很多老照片。

アンケート【（法）enquête】 1 3

意見調查 ★★

例 アンケートの種類(しゅるい)は色々(いろいろ)あります。
意見調查的種類有很多。

いイ

いいかた【言い方・言方】 0

說法；表達方式

例 彼女(かのじょ)は物(もの)の言(い)い方(かた)が丁寧(ていねい)です。
她說話的方式很有禮貌。

いがく【医学】 1

醫學

例 兄は大学で医学を勉強しています。

哥哥在大學研讀醫學。

いかり【怒り】 3

憤怒 ★

例 私に怒りをぶつけないでください。

請不要遷怒於我。

いき・ゆき【行き・往き】 0

去程 ★★

例 行きはバスで、帰りはタクシーです。

去的時候坐公車，回來時搭計程車。

イコール【equal】 2

等於 ★

例 三プラス五イコール八です。

三加五等於八。

いし【医師】 1

醫生 ★★

例 私は医師に診てもらいたいです。

我想請醫生看病。

いそぎ【急ぎ】 0 3

緊急；急忙 ★

例 今朝は急ぎの用があったから、遅くなった。

今天早上因為有急事，所以遲到了。

いたずら【悪戯】 0

淘氣；惡作劇 ★

例 あの男の子はいたずら好きです。

那個男孩喜歡惡作劇。

いちご【苺・莓】 0 1

草莓

例 叔母さんはいちごジャムを作った。

阿姨做了草莓果醬。

いとこ【従兄弟・従姉妹】 2

堂（表）兄弟姐妹 ★★

例 明日（あした）、いとこの結婚式（けっこんしき）に出席（しゅっせき）します。

明天要參加表哥的婚禮。

いのち【命】 1

生命；壽命；命脈 ★

例 それは人（ひと）の命（いのち）に係（かか）わることです。

那是攸關人命的事。

いま【居間】 2

客廳，起居室 ★★

例 小犬（こいぬ）は居間（いま）で寝（ね）ている。

小狗正在客廳睡覺。

イメージ【image】 2 1

印象；影像；圖像；形象 ★★

例 日本（にほん）に対（たい）して、どんなイメージがありますか。

對日本，有什麼樣的印象呢？

いりょうひ【医療費】 2

醫療費

例 昨日（きのう）、母（はは）の高額（こうがく）な医療費（いりょうひ）を払（はら）った。

昨天，支付了母親高額的醫療費。

インク・インキ【ink】 0 1

墨水；印刷油墨 ★

例 インクを買（か）いたいです。

（我）想買墨水。

いんしょう【印象】 0

印象 ★★

例 日本（にほん）に対（たい）して、どんな印象（いんしょう）がありますか。

對日本，有什麼樣的印象呢？

いんりょく【引力】 1

引力

例 ニュートンは万有引力（ばんゆういんりょく）の法則（ほうそく）を発見（はっけん）した。

牛頓發現了萬有引力的法則。

うウ

ウイルス【virus】 2 1

病毒 ★

例 私（わたし）のスマホはウイルスに感染（かんせん）した。
我的手機感染病毒了。

ウール【wool】 1

羊毛；毛織品

例 ウールセーターの正（ただ）しい洗（あら）い方（かた）を知（し）っていますか。
知道羊毛衣的正確洗法嗎？

ウェーター・ウェイター【waiter】 0 2

男服務生 ★★

例 レストランでウェイターをやっている。
在餐廳當服務生。

ウェートレス・ウェイトレス【waitress】 2

女服務生 ★★

例 ホテルのレストランでウェートレスをやっている。
在飯店的餐廳當女服務生。

うし【牛】 0

牛

例 牛（うし）がのろのろと道（みち）を歩（ある）いている。
牛在路上慢慢地走著。

うでどけい【腕時計】 3

手錶 ★

例 どんな腕時計（うでどけい）が欲（ほ）しいですか。
想要怎樣的手錶呢？

うどん【饂飩】 0

烏龍麵

例 父（ちち）はうどんを打（う）っている。
父親正在擀烏龍麵條。

うま【馬】 2

馬

例 馬(うま)に乗(の)ったことがありますか。
騎過馬嗎？

うわさ【噂】 0

傳言；閒話；議論；謠言 ★★

例 彼女(かのじょ)のうわさをするな。
不要背地裡議論她。

うんちん【運賃】 1

運費 ★

例 運賃(うんちん)は自分(じぶん)で負担(ふたん)しますか。
運費要自己負擔嗎？

えエ

エアコン 0 **エア　コンディショナー** 5 **【air conditioner】**

空調 ★★

例 エアコンはどのメーカーが良(よ)いですか。
空調哪個廠牌好呢？

エアメール【air mail】 3

航空郵件，航空信

例 これはアメリカから送(おく)られてきたエアメールです。
這是從美國寄來的航空信。

えいよう【栄養・営養】 0

營養 ★

例 体(からだ)に必要(ひつよう)な栄養素(えいようそ)は何(なん)ですか。
身體必須的營養素是什麼呢？

えきいん【駅員】 2 0

車站站務員 ★

例 駅員（えきいん）の給料（きゅうりょう）はどれぐらいですか。
車站站務員的薪水大約是多少呢？

エスエフ【Science Fiction (SF)】 0

科幻

例 ＳＦ（エスエフ）映画（えいが）はお好（す）きですか。
喜歡科幻電影嗎？

エッセー・エッセイ【essay】 1

隨筆；隨感

例 エッセーを読（よ）むのが好（す）きです。
喜歡閱讀隨筆。

エネルギー【（德）Energie】 3 2

能量；精力 ★

例 彼（かれ）は論文（ろんぶん）を書（か）くのにエネルギーを注（そそ）いだ。
他把精力傾注在寫論文上了。

えり【襟・衿】 2 0

衣領

例 襟（えり）の汚（よご）れの落（お）とし方（かた）を教（おし）えてください。
請教我去除衣領汙垢的方法。

えんか【演歌】 1

演歌

例 演歌（えんか）を聞（き）いたことがありますか。
聽過演歌嗎？

えんげき【演劇】 0

戲劇 ★

例 最近（さいきん）、演劇（えんげき）の脚本（きゃくほん）を書（か）き始（はじ）めた。
最近，開始寫戲劇的劇本了。

エンジニア【engineer】 3

工程師 ★★

例 彼（かれ）は工学研究院（こうがくけんきゅういん）を出（で）てエンジニアになった。
他從工學研究院畢業後當了工程師。

おオ

おい【老い】 2 1

老年；衰老；老人 ★

例 老い(おい)を感じる(かん)時(とき)がありますか。

有感覺衰老的時候嗎？

おおく【多く】 1

許多 ★★

例 参加者(さんかしゃ)の多く(おお)は医者(いしゃ)です。

參加的多半是醫生。

おく【奥】 1

裡面，內部 ★

例 彼(かれ)らは山(やま)の奥(おく)に住(す)んでいます。

他們住在深山裡。

おくれ【遅れ・後れ】 0

晚；遲 ★

例 電車(でんしゃ)は二十分(にじゅっぷん)遅れ(おく)で到着(とうちゃく)した。

電車誤點二十分鐘到站了。

おじぎ【御辞儀】 0

敬禮；鞠躬；客氣

例 目上(めうえ)の人(ひと)にお辞儀(じぎ)をした。

向長輩敬了禮。

おしゃべり【御喋り】 2

喋喋不休（的人）；聊天 ★★

例 一日中(いちにちじゅう)、友達(ともだち)とお喋り(しゃべ)をした。

跟朋友聊了一整天。

おたま【お玉】 2

勺子

例 木製(もくせい)のお玉(たま)を買(か)った。

買了木製的勺子。

オフィス【office】 1

辦公室 ★★★

例 オフィス家具（かぐ）を選（えら）びたいです。
（我）想選辦公家具。

オペラ【（義）opera】 1

歌劇

例 オペラを見（み）たことがありますか。
看過歌劇嗎？

おもい【思い】 2

想法；思考 ★★

例 私（わたし）の思（おも）いを伝（つた）えたいです。
（我）想傳達我的想法。

おもいで【思い出】 0

回憶；紀念 ★★★

例 いい思（おも）い出（で）を思（おも）い出（だ）した。
想起了美好的回憶。

おやゆび【親指】 0

拇指 ★★

例 親指（おやゆび）で押（お）してください。
請用拇指按壓。

オリンピック【Olympic】 4

奧林匹克

例 東京（とうきょう）オリンピックは、「東京五輪（とうきょうごりん）」と略称（りゃくしょう）されます。
東京奧林匹克，被簡稱為「東京五輪」。

オレンジ【orange】 2

柳橙 ★

例 オレンジジュースが飲（の）みたいです。
（我）想喝柳橙汁。

おんがくか
【音楽家】 0

音樂家

例 好(す)きな音楽家(おんがくか)はいますか。
有喜歡的音樂家嗎？

おんど
【温度】 1

溫度 ★★

例 今日(きょう)の温度(おんど)は何度(なんど)ですか。
今天的溫度是幾度呢？

か行

MP3-02

かカ

カード【card】 1

卡片；撲克牌；信用卡 ★★★

例 祖父（そふ）はクレジットカードを使（つか）わない。
爺爺不用信用卡。

カーペット【carpet】 1 3

地毯

例 新（あたら）しいカーペットが欲（ほ）しいです。
（我）想要新的地毯。

かいごし【介護士】 3

看護 ★

例 彼女（かのじょ）は介護士（かいごし）の資格（しかく）を取（と）った。
她取得了看護的資格。

かいさつぐち【改札口】 4

剪票口 ★★

例 午後（ごご）に駅（えき）の改札口（かいさつぐち）で会（あ）いましょう。
下午在車站的剪票口碰面吧！

かいしゃいん【会社員】 3

公司職員 ★★

例 父（ちち）は会社員（かいしゃいん）です。
爸爸是上班族。

かいすうけん【回数券】 3

回數票

例 息子（むすこ）は毎日（まいにち）、電車（でんしゃ）の回数券（かいすうけん）を使（つか）っています。
兒子每天都用電車的回數票。

かいそく【快速】 0

快速，高速

例 快速電車（かいそくでんしゃ）で京都（きょうと）へ行（い）きたいです。
（我）想搭快速電車去京都。

かいちゅうでんとう【懐中電灯】 5

手電筒 ★

例 懐中電灯（かいちゅうでんとう）を用意（ようい）しましたか。

準備手電筒了嗎？

がか【画家】 0

畫家

例 いとこは有名（ゆうめい）な画家（がか）になった。

表哥成了有名的畫家。

かかと【踵】 0

腳後跟

例 踵（かかと）が靴擦（くつず）れした。

腳後跟被鞋子磨破皮了。

かきとめ【書留】 0

掛號

例 手紙（てがみ）を書留（かきとめ）で送（おく）った。

將信件用掛號寄出了。

かぐ【家具】 1

家具 ★

例 家具（かぐ）の安（やす）いお店（みせ）を探（さが）しています。

正在找家具便宜的店家。

かくえきていしゃ【各駅停車】 5

普通車 ★★

例 各駅停車（かくえきていしゃ）で台北（たいぺい）へ行（い）くなら、二時間半掛（にじかんはんか）かる。

坐普通車去台北的話，要花兩個半小時。

がくひ【学費】 0

學費 ★★

例 今（いま）、大学（だいがく）の学費（がくひ）は随分高（ずいぶんたか）くなった。

現在，大學學費變得相當貴了。

がくれき【学歴】 0

學歷 ★★

例 学歴（がくれき）は大切（だいせつ）だと思（おも）いますか。

覺得學歷重要嗎？

かげき
【歌劇】 1

歌劇

例 歌劇(かげき)を見(み)たことがありますか。
看過歌劇嗎？

かけざん
【掛け算・掛算】 2

乘法

例 何年生(なんねんせい)から掛(か)け算(ざん)を習(なら)い始(はじ)めますか。
從幾年級開始學乘法呢？

かざり
【飾り】 0

裝飾；裝飾品 ★★

例 かばんにリボンの飾(かざ)りを付(つ)けた。
在包包上別了緞帶飾品。

かし
【貸し】 0

貸款；借出的錢或東西 ★

例 彼(かれ)には三万円(さんまんえん)の貸(か)しがある。
有借他三萬日圓。

かしちん
【貸し賃・貸賃】 2 3

租金

例 駐車場(ちゅうしゃじょう)の毎月(まいつき)の貸(か)し賃(ちん)はいくらですか。
停車場每個月的租金是多少呢？

かしゅ
【歌手】 1

歌手 ★★

例 彼女(かのじょ)は有名(ゆうめい)なポピュラー音楽(おんがく)の歌手(かしゅ)になった。
她成了有名的流行音樂歌手。

ガス
【（荷）gas】 1

瓦斯 ★

例 ガスが漏(も)れている。
瓦斯漏了。

かず【数】 1

①數目；數字②各種；許多 ★★

例 ①数（かず）は合（あ）っていますか。
數目對嗎？

②これは数（かず）あるお菓子（かし）の中（なか）で一番（いちばん）好（す）きなものです。
這是各種點心當中最喜歡的一種。

カセット 2 **カセットテープ** 5 **【cassette tape】**

卡式錄音帶

例 家（うち）には古（ふる）いカセットがたくさんあります。
家裡有很多舊的卡帶。

かた【肩】 1

肩膀；衣服的肩部 ★

例 肩（かた）が凝（こ）っています。
肩膀僵硬。

かた【型】 2

①模子，模型②類型 ★★

例 ①お菓子（かし）の型（かた）は色々（いろいろ）あります。
點心的模型形形色色。

②あの車（くるま）は型（かた）が新（あたら）しいです。
那輛車車型新穎。

かだい【課題】 0

課題；習題 ★

例 資源（しげん）リサイクルも今後（こんご）の課題（かだい）です。
資源回收也是今後的課題。

かたみち【片道】 0

單程 ★★

例 台北（たいぺい）まで片道（かたみち）約百（やくひゃっ）キロです。
到台北單程大約有一百公里。

かち【勝ち】 2

贏，獲勝 ★

例 どのチームの勝ち（かち）ですか。
是哪一隊獲勝了呢？

カップル【couple】 1

一對；情侶；夫婦 ★★

例 カップルの関係（かんけい）を長続（ながつづ）きさせる方法（ほうほう）は何（なん）ですか。
讓情侶長久維繫感情的方法為何呢？

かていか【家庭科】 0

家政課

例 家庭科（かていか）は何年生（なんねんせい）から始（はじ）まりますか。
家政課是從幾年級開始的呢？

かでんせいひん【家電製品】 4

家電 ★

例 来月結婚（らいげつけっこん）するから、家電製品（かでんせいひん）をたくさん買（か）った。
因為下個月要結婚，所以買了很多家電。

かな【仮名】 0

假名 ★★★

例 全（すべ）ての漢字（かんじ）に仮名（かな）を振（ふ）った。
將所有的漢字都標上了假名。

かなしみ【悲しみ・哀しみ】 0 3

悲傷，悲痛 ★

例 悲（かな）しみの忘（わす）れ方（かた）は色々（いろいろ）あります。
有各式各樣忘記悲痛的方法。

かなづち【金槌・鉄鎚】 3 4

鐵鎚

例 金槌（かなづち）で釘（くぎ）を打（う）ち込（こ）んだことがありますか。
曾用鐵鎚釘過釘子嗎？

かね【金】 0

金錢；金屬 ★★★

例 家(いえ)を買(か)うお金(かね)がないです。

沒有買房子的錢。

かび【黴】 0

霉，黴菌 ★

例 かびが生(は)えた食(た)べ物(もの)は捨(す)ててください。

請將發霉的食物扔掉。

かみのけ【髪の毛】 3

頭髮 ★★

例 妹(いもうと)は髪(かみ)の毛(け)が伸(の)びた。

妹妹頭髮長長了。

ガム 1 **チューインガム** 5 3 **【chewing gum】**

口香糖 ★

例 ガムを噛(か)むことが好(す)きですか。

喜歡嚼口香糖嗎？

カメラマン【camera man】 3

攝影師 ★

例 あの会社(かいしゃ)はカメラマンを集(あつ)めています。

那家公司正在募集攝影師。

がめん【画面】 1 0

畫面 ★

例 この液晶(えきしょう)テレビの画面(がめん)は暗(くら)いです。

這台液晶電視的畫面很暗。

かゆ【粥】 1 0

粥；稀飯 ★

例 今朝(けさ)、お粥(かゆ)を炊(た)いた。

今天早上煮了稀飯。

カラー【color】 1

彩色 ★

例 皆（みな）さんにカラー映画（えいが）の歴史（れきし）を紹介（しょうかい）してください。

請向大家介紹彩色電影的歷史。

カレー【curry】 0

咖哩 ★

例 カレーの味（あじ）が好（す）きです。

喜歡咖哩的味道。

かわ【皮】 2

皮；外皮 ★

例 オレンジの皮（かわ）を剥（む）いた。

將柳橙的皮剝掉了。

かん【缶・罐】 1

罐子 ★★

例 空（あ）き缶（かん）を集（あつ）めています。

正在收集空罐子。

かんがえ【考え】 3

想法，主意 ★★

例 それはいい考（かんが）えです。

那是個好主意。

かんきょう【環境】 0

環境 ★★

例 環境汚染（かんきょうおせん）の問題（もんだい）は非常（ひじょう）に深刻（しんこく）です。

環境汙染的問題非常嚴重。

かんそう【感想】 0

感想 ★★

例 トルコ旅行（りょこう）のご感想（かんそう）をお聞（き）かせください。

請說說土耳其旅行的感想。

がんたん【元旦】 0

元旦 ★

例 一月一日（いちがつついたち）は元旦（がんたん）です。

一月一日是元旦。

かんづめ【缶詰・缶詰め】 3 4

罐頭 ★

例 フルーツの缶詰（かんづめ）でサラダを作（つく）った。

用水果罐頭做了沙拉。

きキ

キーボード【keyboard】 3

鍵盤 ★

例 キーボードを綺麗（きれい）に掃除（そうじ）しました。

將鍵盤清理得很乾淨了。

きいろ【黄色】 0

黃色 ★

例 昨日（きのう）、黄色（きいろ）のセーターを買（か）いました。

昨天，買了黃色的毛衣。

きかん【期間】 2 1

期間 ★★

例 受付期間（うけつけきかん）は三月二日（さんがつふつか）から三月五日（さんがついつか）までです。

受理時間是從三月二號到三月五號。

きげん【期限】 1

期限 ★

例 このケーキは消費期限（しょうひきげん）が切（き）れた。

這個蛋糕保存期限過了。

きじ【記事】 1

報導；新聞 ★

例 今日（きょう）の新聞（しんぶん）のトップ記事（きじ）を読（よ）みましたか。

看了今天報紙的頭條新聞了嗎？

きしゃ【記者】 1 2

記者 ★

例 その記事を書いた記者は誰ですか。
寫那篇報導的記者是誰呢？

きすう【奇数】 2

奇數，單數 ★★

例 奇数の月には台湾にいます。
奇數月在台灣。

キッチン【kitchen】 1

廚房 ★★

例 私の家のキッチンには、収納の引き出しがたくさんあります。
我家的廚房有很多收納的抽屜。

きねんび【記念日】 2

紀念日 ★★

例 一月二日は私達の結婚記念日です。
一月二日是我們的結婚紀念日。

きほん【基本】 0

基本 ★★

例 言語の基本は単語と文法だと思う。
（我）認為語言的根本在於單字跟文法。

きまり【決まり】 0

規定；規則；習慣 ★

例 毎朝、コーヒーを飲むのが決まりです。
每天早上，喝咖啡已成習慣。

きゃくしつじょうむいん【客室乗務員】 7

空服員

例 彼女は客室乗務員で、とても忙しいです。
因為她是空服員，所以非常忙碌。

キャベツ【cabbage】 1

高麗菜

例 キャベツ、ハムと茹で玉子でサラダを作った。

用高麗菜、火腿跟水煮蛋做了沙拉。

きゅうきゅうしゃ【救急車】 3

救護車 ★

例 今すぐ救急車を呼んでください。

請現在馬上叫救護車！

きゅうこう【急行】 0

快車 ★★

例 急行で台北へ行くなら、三十分だけしか掛からない。

坐快車去台北的話，只要花半小時。

きゅうじつ【休日】 0

休假日 ★

例 一年間に休日は何日ありますか。

一年的休假日有幾天呢？

きゅうりょう【丘陵】 0

丘陵

例 彼らは丘陵地帯で茶葉を育てている。

他們在丘陵地帶種植茶葉。

きゅうりょう【給料】 1

薪水；工資 ★★★

例 給料はいつ振り込まれますか。

薪水會何時匯入呢？

きょういん【教員】 0

教員；教師 ★

例 叔母は高等学校の教員です。

嬸嬸是高中的教師。

きょうかしょ【教科書】 3

教科書 ★★★

例 小学校の教科書はどこで買えますか。

哪裡可以買到國小的教科書呢？

きょうし【教師】 1

教師，老師 ★★

例 私は小さい頃から教師になりたいと思っています。

我從小就想當老師。

きょううつう【共通】 0

共同；通用 ★

例 彼とは二人の共通の趣味がある。

我跟他兩個人有共同的興趣。

きょく【曲】 0 1

歌曲；樂曲 ★

例 リチャード・クレイダーマンのピアノ曲を弾きます。

彈奏理查・克萊德蒙的鋼琴曲。

きょり【距離】 1

距離 ★

例 ここから図書館まで、どのぐらいの距離がありますか。

從這裡到圖書館有多遠呢？

ぎりぎり【限り限り】 0

極限；沒有餘地 ★

例 三千円はぎりぎりの価格です。

三千日圓是最低價格了。

きろく【記録】 0

記錄；記載 ★

例 彼はオリンピック記録を更新した。

他刷新了奧林匹克記錄。

ぎんこういん【銀行員】 3
こういん【行員】 0

銀行行員 ★

例 銀行員の仕事に興味があります。
對銀行行員的工作有興趣。

くク

クイズ【quiz】 1

智力測驗；機智問答；猜謎 ★

例 クイズ番組を見ています。
正在看機智問答的節目。

クーラー【cooler】 1

冷氣機；冷卻器 ★★

例 暑いから、クーラーをつけてください。
因為好熱，所以請開冷氣。

くし【櫛】 2

梳子 ★

例 櫛で母の髪を梳かした。
用梳子幫媽媽梳了頭髮。

くじ【籤】 1

籤 ★

例 籤で委員長を決める。
用抽籤決定主委。

くすりだい【薬代】 0

藥費

例 今回の薬代は自己負担ですか。
這次的藥費是自己負擔嗎？

くすりゆび【薬指】 3

無名指 ★

例 彼女(かのじょ)は左手(ひだりて)の薬指(くすりゆび)に指輪(ゆびわ)をしています。

她左手的無名指戴著戒指。

くせ【癖】 2

癖好；壞習慣 ★★

例 弟(おとうと)は朝寝坊(あさねぼう)の悪(わる)い癖(くせ)があります。

弟弟有賴床的壞習慣。

くだり【下り】 0

①下降；下坡②離開東京的列車 ★★

例 ①こちらから行(い)くと、下(くだ)りが楽(らく)です。

從這裡去的話，下坡比較輕鬆。

②彼(かれ)らは下(くだ)りの電車(でんしゃ)に乗(の)った。

他們搭了離開東京的電車。

（註：「上(のぼ)り線(せん)」是到東京的列車；「下(くだ)り線(せん)」是離開東京的列車）

くちびる【唇・脣】 0

嘴唇 ★

例 彼女(かのじょ)は唇(くちびる)が薄(うす)いです。

她的嘴唇很薄。

くもり【曇り・曇】 3

陰天；陰暗處；模糊；朦朧 ★★

例 明日(あした)からは曇(くも)りになるでしょう。

明天開始會轉陰天吧！

くやくしょ【区役所】 3 2

區公所

例 叔父(おじ)は区役所(くやくしょ)で働(はたら)いています。

叔叔在區公所上班。

クラシック【classic】 3 2

古典 ★

例 息子(むすこ)はクラッシックギターを習(なら)っています。

兒子正在學古典吉他。

クラスメート【classmate】 4

同班同學 ★★

例 彼女(かのじょ)は私(わたし)の大学時代(だいがくじだい)のクラスメートです。

她是我大學時代的同班同學。

グラフ【graph】 1 0

圖表

例 統計調査(とうけいちょうさ)の結果(けっか)をグラフで示(しめ)す。

用圖表顯示統計調查的結果。

クリスマス【Christmas】 3

聖誕節 ★★

例 今年(ことし)のクリスマスはどのように過(す)ごしますか。

今年的聖誕節要怎麼過呢？

グループ【group】 2

團體；群組 ★★

例 Line(ライン)のグループの作(つく)り方(かた)を知(し)っていますか。

知道 Line 群組的成立方法嗎？

くろ【黒】 1

黑；黑色 ★★

例 黒(くろ)のコートを着(き)ているのは兄(あに)です。

穿著黑色大衣的是我哥哥。

けケ

けい【計】 1

計畫

例 一日(いちにち)の計(けい)は朝(あさ)にあり。

一日之計在於晨。

けいい【敬意】 1

敬意

例 社長(しゃちょう)に敬意(けいい)を示(しめ)す。

向社長表示敬意。

けいご【敬語】 0

敬語 ★★

例 敬語(けいご)の使(つか)い方(かた)は難(むずか)しいと思(おも)う。
（我）覺得敬語的用法很難。

けいこうとう【蛍光灯】 0

日光燈

例 蛍光灯(けいこうとう)が故障(こしょう)した。
日光燈故障了。

けいさつかん【警察官】 4 3

警察 ★★

例 あの泥棒(どろぼう)が警察官(けいさつかん)に捕(つか)まえられた。
那個小偷被警察抓了。

けいさつしょ【警察署】 5 0

警察署 ★

例 あの泥棒(どろぼう)は警察署(けいさつしょ)に連行(れんこう)された。
那個小偷被帶到警察署了。

けいじばん【掲示板】 0

布告欄 ★

例 ポスターを掲示板(けいじばん)に貼(は)った。
把海報貼在布告欄上了。

げいじゅつ【芸術】 0

藝術 ★

例 彼女(かのじょ)はアメリカの大学(だいがく)で芸術(げいじゅつ)を学(まな)んでいる。
她正在美國的大學學習藝術。

けいやく【契約】 0

契約 ★

例 先週(せんしゅう)、あの会社(かいしゃ)と売買契約(ばいばいけいやく)を結(むす)んだ。
上週，跟那家公司簽訂了買賣合同。

ゲーム【game】 1

遊戲；比賽 ★★★

例 ゲームばかりしているのは時間(じかん)の無駄(むだ)です。
光打電玩是時間的浪費。

げきじょう【劇場】 0

劇場

例 帝国劇場(ていこくげきじょう)では今(いま)、何(なに)を上演(じょうえん)していますか。

帝國劇場現在，正上映什麼呢？

げじゅん【下旬】 0

下旬 ★★

例 今月(こんげつ)の下旬(げじゅん)には、オーストラリアにいます。

這個月的下旬，在澳洲。

けた【桁】 0

位數

例 彼(かれ)の月給(げっきゅう)は六桁(ろっけた)（＝六桁(ろくけた)）です。

他的月薪是六位數。

ケチャップ【ketchup】 2 1

番茄醬 ★★

例 ケチャップを二(ふた)つ下(くだ)さい。

請給我兩包番茄醬。

けつえき【血液】 2

血液 ★

例 まず、血液(けつえき)を取(と)って検査(けんさ)してください。

首先，請抽血檢查。

けっか【結果】 0

結果 ★★

例 試合(しあい)の結果(けっか)はどうでしたか。

比賽的結果如何呢？

げつまつ【月末】 0

月底 ★★

例 試験(しけん)の結果(けっか)は月末(げつまつ)に発表(はっぴょう)されます。

考試的結果將在月底公布。

けむり【煙・烟】 0

煙 ★

例 客間(きゃくま)はタバコの煙(けむり)でいっぱいです。

客廳裡瀰漫著香菸的煙。

けんこう【健康】 0

健康 ★★

例 あなたの健康を祈る。
祝你健康！

げんだい【現代】 1

現代

例 この単語は現代ではもう使いません。
這個單字在現代已經不用了。

けんちくか【建築家】 0

建築師

例 この美術館は日本の建築家が設計しました。
這間美術館是日本建築師設計的。

けんちょう【県庁】 1 0

縣政府

例 私の学校は県庁の側です。
我的學校在縣政府旁。

こコ

こいびと【恋人】 0

情人；男（女）朋友 ★★

例 彼には恋人ができました。
他交到女朋友了。

こうか【効果】 1

效果；功效 ★★

例 薬の効果の持続時間は種類によって異なる。
藥效持續時間因種類而有所不同。

こうくうびん【航空便】 0 3

空運；航空信

例 そのかばんは航空便でアメリカへ送った。
那個包包用空運寄到美國了。

ごうけい【合計】 0

合計；總計

例 合計五千円を払った。（ごうけい ご せんえん はら）

總計付了五千日圓。

こうさいひ【交際費】 3

應酬費，交際費

例 会社の交際費は一ヶ月いくらぐらいですか。（かいしゃ こうさい ひ いっ げつ）

公司的交際費，一個月大約多少呢？

こうじ【工事】 1

工程；施工 ★★

例 工事は三年掛かります。（こう じ さんねん か）

工程需耗時三年。

こうつうひ【交通費】 3

交通費

例 会社の交通費は一ヶ月六千元です。（かいしゃ こうつう ひ いっ げつろくせんげん）

公司的交通費，一個月六千元。

こうねつひ【光熱費】 4 3

電費跟瓦斯費等

例 会社の光熱費は一ヶ月二万元ぐらいです。（かいしゃ こうねつ ひ いっ げつ に まんげん）

公司的電費跟瓦斯費等，一個月大約兩萬元。

こうはい【後輩】 0

晚輩；學弟（妹） ★★★

例 彼女は私の大学時代の後輩です。（かのじょ わたし だいがく じ だい こうはい）

她是我大學時期的學妹。

こうはん【後半】 0

後半 ★★

例 その映画の後半はとても面白かった。（えい が こうはん おもしろ）

那部電影的後半段非常有趣。

こうふく【幸福】 0

幸福 ★

例 あなたの幸福を祈る。（こうふく いの）

祝你幸福！

こうみん
【公民】 0

公民

例 納税（のうぜい）は公民（こうみん）の義務（ぎむ）です。
納税是公民的義務。

こうれい
【高齢】 0

高齢 ★

例 両親（りょうしん）はもう高齢（こうれい）だ。
父母親年紀大了。

こうれいしゃ
【高齢者】 3

高齢者，老年人 ★★

例 高齢者（こうれいしゃ）は一般（いっぱん）に六十五歳以上（ろくじゅうごさいいじょう）の者（もの）を指（さ）す。
高齢者一般是指六十五歲以上的人。

コース
【course】 1

①路線②課程 ★★

例 ①ジョギングコースを変（か）えた。
改變了慢跑路線。

②日本語（にほんご）コースは来週（らいしゅう）から始（はじ）まります。
日語課程從下週開始。

こおり
【氷・凍り】 0

冰 ★

例 この子（こ）の手（て）は氷（こおり）のように冷（つめ）たいです。
這個孩子的手像冰一樣冷。

ごがく
【語学】 1 0

語學 ★

例 彼女（かのじょ）は語学（ごがく）に興味（きょうみ）を持（も）っています。
她對語學有興趣。

こきょう
【故郷】 1

故鄉 ★

例 この歌（うた）を聞（き）くと、故郷（こきょう）を思（おも）い出（だ）す。
一聽到這首歌，就會想起故鄉。

こくご【国語】 0

一國的語言；本國的語言 ★

例 国語（こくご）の教科書（きょうかしょ）を探（さが）しています。
正在找國語的教科書。

こくせき【国籍】 0

國籍 ★★

例 リリアンの国籍（こくせき）はどこですか。
Lylian 的國籍是哪裡呢？

こくばん【黒板】 0

黑板 ★★

例 黒板（こくばん）の数学（すうがく）の問題（もんだい）を解（と）いてください。
請解開黑板上的數學問題。

こし【腰】 0

腰；腰部 ★★

例 今日（きょう）は一日中（いちにちじゅう）立（た）っていたから、腰（こし）が痛（いた）いです。
因為今天站了一整天，所以腰痛。

こしょう【胡椒】 2

胡椒 ★★

例 たこ焼（や）きに胡椒（こしょう）を振（ふ）り掛（か）けた。
在章魚燒上撒上了胡椒。

こじん【個人】 1

個人 ★★

例 彼女（かのじょ）は個人（こじん）の部（ぶ）で試合（しあい）に参加（さんか）した。
她參加了個人賽。

こぜに【小銭】 0

零錢 ★★

例 お札（さつ）を小銭（こぜに）に換（か）えてください。
請將鈔票換成零錢。

こづつみ【小包】 2

包裹 ★

例 小包で妹に果物を送った。
用包裹寄了水果給妹妹。

コットン【cotton】 1

棉花；棉布

例 寒いから、コットンの服を着ています。
因為很冷，所以穿著棉製的衣服。

コミュニケーション【communication】 4

交流；溝通 ★★

例 彼はコミュニケーション能力が高いです。
他溝通能力很強。

ゴム【（荷）gom】 1

橡膠 ★

例 ゴム靴を買いたいです。
（我）想買膠鞋。

コメディー【comedy】 1

喜劇 ★

例 彼女はコメディー女優です。
她是喜劇演員。

こゆび【小指】 0

小指 ★

例 小指の関節が痛いです。
小指的關節疼痛。

ゴルフ【golf】 1

高爾夫球

例 彼は毎週日曜日にゴルフをします。
他每週日打高爾夫球。

こんご【今後】 0 1

今後 ★★

例 今後(こんご)とも宜(よろ)しくお願(ねが)い致(いた)します。

今後也請多多關照。

コンビニ 0 **コンビニエンスストア** 9 **【convenience store】**

便利商店 ★★★

例 昼(ひる)はよくコンビニのお弁当(べんとう)を食(た)べます。

中午常常吃便利商店的便當。

さ行

MP3-03

さサ

さいこう【最高】 0

①最高；頂級②最多；最貴（當副詞用） ★★

例 ①期末試験で彼女は最高点を取った。

期末考她考了最高分。

②そのコンサートのチケットは最高六万円です。

那場演唱會的門票最貴是六萬日圓。

さいてい【最低】 0

①最低；最起碼②最少（當副詞用） ★★

例 ①今日の最低気温は何度ですか。

今天的最低溫是幾度呢？

②一ケ月最低三万円掛かります。

一個月最少要花費三萬日圓。

さいほう【裁縫】 0

裁縫，縫紉 ★

例 裁縫ができる女性は少なくなってきました。

會裁縫的女性越來越少了。

さくひん【作品】 0

作品 ★★

例 これは彼の最後の文学作品です。

這是他最後的文學作品。

さくら【桜】 0

櫻花；櫻花樹 ★★

例 桜が咲いた。

櫻花開了。

さけ【酒】 0

酒 ★★

例 父（ちち）はお酒（さけ）を飲（の）みました。
父親喝了酒。

さしみ【刺身・刺し身】 3

生魚片 ★★

例 母（はは）は刺身（さしみ）が食（た）べられない。
媽媽不敢吃生魚片。

さっか【作家】 1 0

作家 ★

例 彼女（かのじょ）は有名（ゆうめい）な作家（さっか）になった。
她成了有名的作家。

サッカー【soccer】 1

足球 ★★

例 高校（こうこう）でもサッカー部（ぶ）に入（はい）った。
在高中也加入了足球社。

さっきょくか【作曲家】 0

作曲家 ★

例 彼女（かのじょ）はポピュラー音楽（おんがく）の作曲家（さっきょくか）です。
她是流行音樂的作曲家。

さら【皿】 0

盤子 ★★

例 妹（いもうと）はお皿（さら）を洗（あら）いました。
妹妹洗了盤子。

サラリーマン【salary man】 3

薪水階級 ★★

例 サラリーマン生活（せいかつ）が嫌（いや）になった。
對薪水階級生活感到厭倦了。

さわぎ【騒ぎ】 1

吵鬧；騷動 ★

例 何（なん）の騒（さわ）ぎですか。
在吵什麼呢？

さんかく【三角】 1

三角形 ★

例 ケーキを三角(さんかく)に切(き)った。
把蛋糕切成了三角形。

さんすう【算数】 3

算術

例 妹(いもうと)は算数(さんすう)が得意(とくい)です。
妹妹算術很好。

サンプル【sample】 1

樣品，樣本 ★★★

例 ドラッグストアで化粧品(けしょうひん)のサンプルをもらった。
在藥妝店拿到了化妝品的樣品。

しシ

し【詩】 0

詩

例 彼女(かのじょ)はよく詩(し)を書(か)きます。
她常常寫詩。

しあわせ【幸せ・仕合わせ・仕合せ・倖せ】 0

幸福 ★★

例 あなたの幸(しあわ)せを祈(いの)る。
祝你幸福！

シーズン【season】 1

季節 ★★

例 いよいよ花見(はなみ)のシーズンだ。
賞花的季節快到了。

シーディードライブ【CD drive】 6

光碟機

例 シーディードライブが壊(こわ)れたから、修理(しゅうり)しなければならない。

因為光碟機壞了，所以必須修理。

ジーンズ【jeans】 1

牛仔褲 ★★

例 ジーンズでパーティーに参加(さんか)するのは失礼(しつれい)です。

穿牛仔褲參加宴會不禮貌。

じえいぎょう【自営業】 2

獨資經營；自營業者 ★

例 事業(じぎょう)を起(お)こし、自営業(じえいぎょう)を始(はじ)めるつもりです。

打算開創事業，開始獨資經營。

ジェットき【ジェット機】 3

噴射機 ★

例 その国(くに)は最新式(さいしんしき)のジェット機(き)を開発(かいはつ)した。

那個國家開發了最新型的噴射機。

しかく【四角】 0 3

四角形 ★★

例 まず、四角(しかく)の折(お)り紙(がみ)を三角(さんかく)に折(お)った。

首先，把四角形的色紙摺成了三角形。

しかく【資格】 0

資格 ★

例 去年(きょねん)、英語(えいご)の資格(しかく)を取(と)った。

去年，取得了英文的資格。

しげん【資源】 1

資源 ★

例 日本(にほん)は観光資源(かんこうしげん)が豊(ゆた)かです。

日本觀光資源豐富。

じけん【事件】 1

事件；案件 ★★

例 新聞に載っている汚職事件を読みましたか。

看了刊載在報紙上的貪污事件了嗎？

しご【死後】 1

死後

例 死後の世界はどんな世界でしょうか。

死後的世界是怎樣的世界呢？

じご【事後】 1

事後 ★

例 その理由は事後に説明したいです。

（我）想在事後說明那個理由。

ししゅつ【支出】 0

開支

例 毎月の収入と支出のバランスが取れているか。

每個月的收入跟開支平衡嗎？

じじょ【次女】 1

次女 ★

例 次女は来月大学に入ります。

次女下個月進大學。

しじん【詩人】 0

詩人

例 あの詩人は詩集を出版した。

那位詩人出版了詩集。

じしん【自信】 0

自信 ★★

例 自分の日本語能力に自信がありますか。

對自己的日語能力有自信嗎？

しぜん【自然】 0

自然；天然 ★★

例 自然環境を守る方法を研究している。

正在研究守護自然環境的方法。

じぜん【事前】 0

事前 ★★

例 作り方は事前に説明したいです。
（我）想在事前說明做法。

した【舌】 0 2

舌頭 ★

例 舌の奥がとても痛いです。
舌頭後面非常痛。

しっけ【湿気】 0

濕氣 ★★

例 梅雨に入ったから、湿気を防ぐのは大切です。
因為已經進入梅雨季節了，所以防潮很重要。

しつど【湿度】 2 1

濕度 ★★

例 梅雨に入ったから、湿度が高いです。
因為已經進入梅雨季節了，所以濕氣很重。

じつりょく【実力】 0

實力 ★

例 試験で十分に実力を発揮した。
考試時充分發揮了實力。

じはんき【自販機】 2 **じどうはんばいき【自動販売機】** 6

自動販賣機 ★★

例 この飲み物は自販機でも買える。
這種飲料在自動販賣機也可以買到。

じばん【地盤】 0

地基；地盤

例 地震の揺れの大きさは地盤の固さで変わる。
地震震幅的大小因地盤堅固度而有所不同。

しま【縞】 2

條紋 ★

例 あのシャツには赤(あか)と白(しろ)の細(ほそ)い縞(しま)がある。
那件襯衫有紅白相間的細條紋。

じむしつ【事務室】 2

辦公室 ★

例 事務室(じむしつ)で申請(しんせい)をしてください。
請在辦公室提出申請。

しめい【氏名】 1

姓名 ★★★

例 ここに氏名(しめい)と住所(じゅうしょ)を書(か)いてください。
請在這裡寫下姓名跟地址。

しめきり【締め切り・締切り】 0

截止（日期） ★★

例 必(かなら)ず締(し)め切(き)りを守(まも)ってください。
請務必遵守截止日期。

シャーペン 0 **シャープペンシル** 4 **【sharp pencil】**

自動鉛筆 ★★

例 シャーペンで字(じ)を書(か)きます。
用自動鉛筆寫字。

しやくしょ【市役所】 3 2

市公所

例 伯母(おば)は市役所(しやくしょ)で働(はたら)いています。
伯母在市公所上班。

ジャケット【jacket】 1 2

夾克；短外套 ★★

例 彼(かれ)は黒(くろ)いジャケットを着(き)ています。
他穿著黑色夾克。

ジャズ【jazz】 1

爵士樂

例 彼女(かのじょ)は日本(にほん)のジャズ歌手(かしゅ)です。

她是日本的爵士樂歌手。

しゃどう【車道】 0

車道 ★

例 多(おお)くの人(ひと)が車道(しゃどう)の前(まえ)で待(ま)っています。

有很多人在車道前等著。

しゃもじ【杓文字】 1

飯勺

例 このしゃもじは汚(きたな)いから、洗(あら)いなさい。

這支飯勺髒了，去洗一洗。

しゅうきょう【宗教】 1

宗教 ★

例 どの宗教(しゅうきょう)を信(しん)じていますか。

信什麼宗教呢？

じゅうきょひ【住居費】 3 1

住宅費
（包含所有居住上的開支，如稅金、修繕費等）

例 住居費(じゅうきょひ)は収入(しゅうにゅう)の三割(さんわり)を占(し)めるのがいいと言(い)われている。

據說住宅費最好是占收入的三成。

ジュース【juice】 1

果汁 ★★★

例 母(はは)はオレンジを絞(しぼ)ってジュースを作(つく)った。

媽媽把柳橙榨成了果汁。

しゅうせいえき【修正液】 3

修正液

例 「修正液(しゅうせいえき)」を買(か)いたいです。

（我）想買「修正液」。

じゅうたん【絨毯・絨緞】 1

地毯 ★

例 この絨毯(じゅうたん)はクリーニング屋(や)に持(も)って行(い)こう。

把這條地毯送去洗衣店吧！

しゅうまつ【週末】 0

週末 ★★★

例 この週末(しゅうまつ)、ソウルへ旅行(りょこう)に行(い)く予定(よてい)です。

預計這週末去首爾旅行。

しゅうりだい【修理代】 0

修理費 ★

例 壊(こわ)れた時計(とけい)の修理代(しゅうりだい)は高(たか)いから、新(あたら)しいのを買(か)いましょう。

因為壞掉的手錶修理費很貴，所以買新的吧！

じゅぎょうりょう【授業料】 2

學費 ★

例 ピアノレッスンの授業料(じゅぎょうりょう)は高(たか)いです。

鋼琴課的學費很貴。

しゅくじつ【祝日】 0

節日 ★★

例 十月十日(じゅうがつとおか)は国慶節(こっけいせつ)で、祝日(しゅくじつ)です。

因為十月十日是國慶日，所以是假日。

しゅだん【手段】 1

手段 ★★

例 目的(もくてき)のためには手段(しゅだん)を選(えら)ばない。

為達目的不擇手段。

しゅっしん【出身】 0

①出生地②畢業學校 ★★★

例 ①私(わたし)の出身(しゅっしん)は桃園(とうえん)です。

我出生在桃園。

②私(わたし)は東呉大学(とうごだいがく)の出身(しゅっしん)です。

我畢業於東吳大學。

しゅと【首都】 1 2

首都 ★

例 台北(たいぺい)は台湾(たいわん)の首都(しゅと)です。

台北是台灣的首都。

しゅるい【種類】 1

種類 ★★★

例 葡萄(ぶどう)にもたくさんの種類(しゅるい)があります。

葡萄也有很多種類。

じゅんさ【巡査】 0 1

警察

例 あの泥棒(どろぼう)が巡査(じゅんさ)に捕(つか)まえられた。

那個小偷被警察抓了。

じゅんばん【順番】 0

輪流；順序 ★★

例 一番(いちばん)から順番(じゅんばん)に読(よ)んでください。

請從一號開始照順序唸。

しょうがくせい【小学生】 4 3

小學生 ★★

例 小学生(しょうがくせい)の下校時間(げこうじかん)は何時(なんじ)ですか。

小學生的放學時間是幾點呢？

じょうぎ【定規・定木】 1

尺 ★

例 定規(じょうぎ)で長(なが)さを測(はか)る。

用尺來測量長度。

しょうきん【賞金】 0

獎金 ★

例 彼(かれ)はチャンピオンになって、高額(こうがく)な賞金(しょうきん)を得(え)た。

他拿到冠軍，獲得了高額獎金。

じょうけん【条件】 3

條件 ★★

例 あなたが結婚相手に求める条件は何ですか。

你尋求的結婚對象條件為何呢？

しょうご【正午】 1

正午

例 正午とは何時から何時までですか。

正午是從幾點到幾點呢？

じょうし【上司】 1

上司 ★★

例 職場で上司と上手くいっていますか。

在職場上跟上司關係良好嗎？

じょうじゅん【上旬】 0

上旬 ★★

例 来月の上旬には、アメリカにいます。

下個月的上旬，在美國。

しょうじょ【少女】 1

少女 ★

例 彼女は少女のように見えます。

她看起來像少女。

しょうじょう【症状】 3

症狀 ★

例 風邪の症状が現れた。

出現了感冒的症狀。

しょうすう【小数】 3

小數

例 今日は循環小数について勉強した。

今天學了循環小數。

しょうすう【少数】 3

少數

例 民主主義は少数意見を尊重する。

民主主義尊重少數意見。

しょうすうてん【小数点】 3

小數點

例 小数点（しょうすうてん）のある割（わ）り算（ざん）を習（なら）っています。

正在學習有小數點的除法。

じょうだん【冗談】 3

玩笑 ★★

例 冗談（じょうだん）を言（い）わないでよ。

別開玩笑了啦！

しょうてん【商店】 1

商店 ★

例 あの商店（しょうてん）の名前（なまえ）は何（なん）ですか。

那家商店叫什麼名字呢？

じょうほう【情報】 0

情報；消息 ★★

例 論文（ろんぶん）を書（か）くために、色々（いろいろ）な情報（じょうほう）を集（あつ）めています。

為了寫論文，正在收集各種情報。

しょうぼうしょ【消防署】 5 0

消防隊；消防局 ★

例 消防署（しょうぼうしょ）は一一九番（ひゃくじゅうきゅうばん）です。

消防隊是 119 號。

しょうめん【正面】 3

正面；對面 ★

例 正面（しょうめん）にデパートが見（み）える。

正面可以看見百貨公司。

しようりょう【使用料】 2

租金

例 披露宴会場（ひろうえんかいじょう）の使用料（しようりょう）はかなり高（たか）いです。

婚宴會場的租金相當貴。

しょくご
【食後】 0

飯後 ★

例 この薬(くすり)は食後(しょくご)に飲(の)んでください。

這帖藥請在飯後服用。

しょくじだい
【食事代】 0

餐費

例 食事代(しょくじだい)は会社(かいしゃ)が払(はら)います。

餐費由公司支付。

しょくにん
【職人】 0

工匠 ★

例 祖父(そふ)は家具(かぐ)を作(つく)る職人(しょくにん)だったんです。

爺爺曾經是做家具的工匠。

しょくひ
【食費】 0

伙食費

例 一(いっ)ケ月(げつ)の食費(しょくひ)はいくらぐらいですか。

一個月的伙食費大約多少呢？

しょくりょう
【食料】 2

食物；食品 ★

例 二週間分(にしゅうかんぶん)の食料(しょくりょう)を用意(ようい)してください。

請準備兩週分量的食物。

しょくりょう
【食糧】 2

糧食

例 台風(たいふう)が近付(ちかづ)いてきたから、少(すこ)し食糧(しょくりょう)を準備(じゅんび)しなければいけない。

因為颱風快來了，所以得準備一些糧食。

しょっきだな
【食器棚】 3 0

餐具櫃，碗櫥 ★

例 昨日(きのう)、食器棚(しょっきだな)を片付(かたづ)けました。

昨天，整理了餐具櫃。

ショック【shock】 1

衝擊；精神打擊 ★★

例 この事件(じけん)は彼女(かのじょ)に大(おお)きなショックを与(あた)えた。

這件事給她很大的打擊。

しょもつ【書物】 1

書籍

例 本棚(ほんだな)にたくさんの書物(しょもつ)が置(お)いてあります。

書櫃裡擺放了很多書籍。

じょゆう【女優】 0

女演員 ★★

例 彼女(かのじょ)は有名(ゆうめい)な女優(じょゆう)になった。

她成了有名的女演員。

しょるい【書類】 0

文件；資料 ★★

例 必要書類(ひつようしょるい)を整理(せいり)してください。

請整理所需文件。

しろ【白】 1

白色 ★★★

例 白(しろ)の紙袋(かみぶくろ)を一枚下(いちまいくだ)さい。

請給我一個白色的紙袋。

しんかんせん【新幹線】 3

新幹線 ★

例 新幹線(しんかんせん)で東京(とうきょう)へ行(い)くなら、一時間(いちじかん)掛(か)かる。

坐新幹線去東京的話，要花一個小時。

しんごう【信号】 0

信號；紅綠燈 ★★★

例 横断歩道(おうだんほどう)の前(まえ)で信号(しんごう)を待(ま)っている。

正在人行道前等紅綠燈。

しんしつ【寝室】 0

寢室 ★

例 この寝室(しんしつ)は風通(かぜとお)しがいいです。

這間寢室通風良好。

しんちょう【身長】 0

身高 ★

例 息子(むすこ)の身長(しんちょう)が伸(の)びた。

兒子長高了。

しんねん【新年】 1

新年 ★

例 目上(めうえ)の方(かた)に新年(しんねん)の挨拶(あいさつ)をした。

向長輩祝賀新年快樂了。

しんや【深夜】 1

深夜 ★

例 一昨日(おととい)、彼(かれ)は深夜(しんや)まで働(はたら)いていた。

前天，他工作到深夜。

すス

す【酢・醋】 1

醋 ★

例 この料理(りょうり)はお酢(す)の味(あじ)がする。

這道菜有醋的味道。

すいか【西瓜】 0

西瓜 ★

例 夏(なつ)の果物(くだもの)といえば、西瓜(すいか)です。

說起夏天的水果，那就是西瓜了。

すいてき【水滴】 0

水滴

例 水滴(すいてき)が上手(うま)く描(か)けなかった。

沒辦法將水滴畫好。

すいとう【水筒】 0

水壺 ★

例 娘(むすめ)は毎日(まいにち)水筒(すいとう)を持(も)って、学校(がっこう)へ行(い)きます。

女兒每天帶著水壺去上學。

すいどうだい
【水道代】 0

自來水費

例 先月(せんげつ)の水道代(すいどうだい)は高(たか)かったです。
上個月的自來水費很貴。

すいはんき
【炊飯器】 3

電鍋 ★

例 どのブランドの炊飯器(すいはんき)が欲(ほ)しいですか。
想要哪個牌子的電鍋呢？

ずいひつ
【随筆】 0

隨筆

例 随筆(ずいひつ)を読(よ)むのが好(す)きです。
喜歡閱讀隨筆。

すうじ
【数字】 0

數字；數目 ★

例 数字(すうじ)は合(あ)っていますか。
數目對嗎？

スープ
【soup】 1

湯 ★★

例 今晩(こんばん)はどんなスープを作(つく)りますか。
今晚煮什麼湯呢？

スカーフ
【scarf】 2

圍巾 ★

例 スカーフの巻(ま)き方(かた)は色々(いろいろ)あります。
圍巾的圍法有很多。

スキー
【ski】 2

滑雪 ★

例 北海道(ほっかいどう)へ行(い)ってスキーをしよう。
去北海道滑雪吧！

すきやき
【鋤焼き・鋤焼】 0

壽喜燒 ★

例 すき焼きのレシピをご紹介させていただきたいと思います。

讓我來介紹壽喜燒的食譜吧！

すし
【寿司】 2 1

壽司 ★★

例 どんなお寿司が好きですか。

喜歡怎樣的壽司呢？

すそ
【裾】 0

①衣服下襬；褲腳②山腳 ★

例 ①スカートの裾が汚れた。

裙子的下襬髒了。

②山の裾に小さな川がある。

山腳下有一條小河。

スター
【star】 2

明星 ★

例 一番好きな映画スターはオードリー・ヘプバーンです。

最喜歡的電影明星是奧黛麗・赫本。

スタンド
【stand】 0

檯燈 ★

例 机の上に電気スタンドが欲しい。

（我）想要桌上有個檯燈。

ストーリー
【story】 2

故事 ★

例 このドラマはストーリーが面白いと思う。

（我）覺得這齣電視劇的故事很有趣。

ストッキング【stocking】 2

絲襪；褲襪 ★

例 肌色（はだいろ）のストッキングを履（は）いている。
穿著膚色絲襪。

ストライプ【strip】 3

條紋 ★

例 あのシャツは赤（あか）と白（しろ）の細（ほそ）いストライプだ。
那件襯衫有紅色和白色的細條紋。

ストレス【stress】 2

壓力 ★★

例 ストレスを解消（かいしょう）するために、温泉（おんせん）に行（い）こう。
為了消除壓力，去泡溫泉吧！

スニーカー【sneakers】 0 2

帆布鞋；輕便運動鞋 ★★

例 最近（さいきん）、スニーカー通勤（つうきん）が流行（はや）っている。
最近流行穿運動鞋上下班。

スピード【speed】 0

速度 ★

例 スピードを落（お）としてください。
請降低速度。

ずひょう【図表】 0

圖表

例 学生数（がくせいすう）を調査（ちょうさ）して、図表（ずひょう）を作（つく）った。
調查學生人數，做成了圖表。

スポーツ【sport】 2

運動；體育 ★★

例 どんなスポーツをやっていますか。
有在做什麼運動嗎？

せせ

せい【性】 1

性；性別；本性

例 小学校の性教育は何年生からですか。

小學的性教育是從幾年級開始的呢？

せいかく【性格】 0

個性；性格；性情 ★★

例 妻と全く性格が合わないので、離婚したいです。

由於跟老婆個性完全不合，所以（我）想離婚。

せいかつひ【生活費】 4 3

生活費

例 月々の生活費は平均していくらぐらいですか。

每個月的生活費平均大約多少呢？

せいき【世紀】 1

世紀；時代

例 「ハリー・ポッター」は世紀の傑作だと思います。

（我）覺得《哈利波特》是百年難得一見的傑作。

ぜいきん【税金】 0

稅金 ★★

例 毎年五月に税金を納める。

每年五月繳稅。

せいじか【政治家】 0

政治家，政客

例 「政治家の発言は時代を映す」と言われている。

據說「政客的發言會反映時代」。

せいしつ【性質】 0

性格；性質

例 仕事の性質上、残業が多いです。

由於工作的性質，所以常加班。

せいすう【整数】 3

整數

例 今日は整数の割り算を習った。

今天學了整數的除法。

せいねん【青年】 0

青年 ★

例 青年期の課題を研究しています。

正在研究青春期的課題。

せいねんがっぴ【生年月日】 5

出生年月日 ★★

例 生年月日はいつですか。

出生年月日是什麼時候呢？

せいのう【性能】 0

性能 ★

例 このスマホは性能がいいです。

這台智慧型手機性能很好。

せいひん【製品】 0 1

製品，產品 ★★

例 最近、我が社は新製品を開発した。

最近，我們公司開發了新產品。

せいふく【制服】 0

制服 ★★

例 週末は制服を着なくてもいいです。

週末不穿制服也沒關係。

せいぶつ【生物】 1 0

生物

例 海の中には、無数の生物がいる。

海中有無數的生物。

せきにん【責任】 0

責任 ★★

例 このミスは誰(だれ)が責任(せきにん)を取(と)りますか。
這項過失由誰負責呢？

せけん【世間】 1

世上；社會上；世人 ★★

例 世間(せけん)の口(くち)がうるさいです。
人言可畏。

セット【set】 1

一組；一套 ★★★

例 この茶碗(ちゃわん)は五(いつ)つでワンセットになっている。
這種碗五個一組。

せともの【瀬戸物】 0

陶瓷器

例 瀬戸物(せともの)は骨董品(こっとうひん)の中(なか)で特(とく)に人気(にんき)が高(たか)いです。
陶瓷器在骨董中特別受歡迎。

セロテープ【cellotape】 3

透明膠帶 ★

例 大巻(おおまき)のセロテープを三(みっ)つ下(くだ)さい。
請給我三個大捲的透明膠帶。

せんきょ【選挙】 1

選舉 ★

例 今年(ことし)の五月(ごがつ)に総統選挙(そうとうせんきょ)があります。
今年五月要選總統。

せんざい【洗剤】 0

洗衣精；洗碗精 ★★

例 食器用洗剤(しょっきようせんざい)でお茶碗(ちゃわん)を洗(あら)った方(ほう)がいいと思(おも)う。
（我）覺得用洗碗精來洗碗較好。

せんしゅ【選手】 1

選手 ★★

例 彼女(かのじょ)はオリンピック選手(せんしゅ)だった。
她曾經是奧林匹克選手。

せんたくき【洗濯機】 4 3

洗衣機 ★

例 洗濯機(せんたくき)の使(つか)い方(かた)を教(おし)えてください。
請教我洗衣機的用法。

センチ【(法) centi】 1

釐米，公分 ★★

例 彼女(かのじょ)の身長(しんちょう)は百七十(ひゃくななじゅっ)センチです。
她的身高是一百七十公分。

せんとう【銭湯】 1

公共澡堂

例 寒(さむ)過(す)ぎて、銭湯(せんとう)に行(い)きたくない。
太冷了，不想去公共澡堂。

ぜんはん【前半】 0

前半 ★

例 その小説(しょうせつ)の前半(ぜんはん)は全然面白(ぜんぜんおもしろ)くなかった。
那本小說的前半部完全不有趣。

せんぷうき【扇風機】 3

電風扇 ★

例 扇風機(せんぷうき)をつけているから、涼(すず)しいです。
因為開著電風扇，所以很涼爽。

せんめんじょ【洗面所】 0 5

洗手間，化妝室，廁所 ★

例 うちの洗面所(せんめんじょ)は狭(せま)いから、収納(しゅうのう)できるものが少(すく)ない。
因為我家的洗手間很狹小，所以能收納的東西很少。

せんもんがっこう【専門学校】 5

專科學校 ★

例 専門学校(せんもんがっこう)でデザインを勉強(べんきょう)している。
正在專科學校學設計。

そソ

そうじき【掃除機】 3

吸塵器 ★

例 毎週、掃除機をかけます。
每週，都用吸塵器清掃。

そうちょう【早朝】 0

清晨

例 早朝にジョギングをするのが好きです。
喜歡在清晨慢跑。

ぞうり【草履】 0

草鞋

例 草履を履いたことがありますか。
穿過草鞋嗎？

そうりょう【送料】 1 3

郵資；運費 ★

例 小包の送料が知りたいです。
（我）想知道包裹的運費。

ソース【sauce】 1

醬料 ★★

例 「オイスターソース」ってどんなソースですか。
「蠔油」是怎樣的醬料呢？

そくたつ【速達】 0

快遞；限時專送

例 小包を速達で送った。
用快遞將包裹寄出了。

そくど【速度】 1

速度 ★

例 速度(そくど)を落(お)としてください。
請降低速度。

そこ【底】 0

底部；底層；深處 ★

例 心(こころ)の底(そこ)からそう願(ねが)っています。
從內心深處如此期盼著。

ソックス【socks】 1

短襪 ★

例 今朝(けさ)、ソックスを二足(にそく)買(か)いました。
今天早上，買了兩雙短襪。

そで【袖】 0

袖子 ★

例 涼(すず)しくなったから、長袖(ながそで)のシャツを着(き)よう。
因為轉涼了，所以穿長袖襯衫吧！

そば【蕎麦】 1

蕎麥麵 ★

例 夕食(ゆうしょく)に蕎麦(そば)を食(た)べた。
晚餐吃了蕎麥麵。

ソファー【sofa】 1

沙發 ★★

例 来月(らいげつ)、ソファーを買(か)い替(か)えたいです。
下個月，（我）想買沙發來換。

た行

MP3-04

たタ

だい【代】 1

一代；一輩 ★

例 サークルは私達（わたしたち）の代（だい）で解散（かいさん）した。

社團在我們這一代解散了。

だい【題】 1

題目；標題 ★★

例 今回（こんかい）の作文（さくぶん）の題（だい）は何（なん）ですか。

這次作文的題目是什麼呢？

だいがくいん【大学院】 4

研究所

例 心理学（しんりがく）の大学院（だいがくいん）に入（はい）りたいです。

（我）想進心理學研究所。

だいく【大工】 1

木工

例 腕（うで）の良（よ）い大工（だいく）を探（さが）している。

正在找技術好的木工。

たいじゅう【体重】 0

體重 ★

例 近頃（ちかごろ）、体重（たいじゅう）が減（へ）ってきた。

最近，體重減輕了。

たいど【態度】 1

態度 ★★

例 態度（たいど）をはっきりさせてください。

請（讓他（她））表明態度。

タイトル【title】 1 0

標題；題目；頭銜 ★★

例 今回（こんかい）の作文（さくぶん）のタイトルは何（なん）ですか。

這次作文的題目是什麼呢？

ダイニング 1 3
ダイニングルーム 6
【dining room】

餐廳，飯廳 ★

例 うちのダイニングは六畳（ろくじょう）だけなので、とても狭（せま）いです。
家裡的餐廳只有六疊榻榻米寬，非常狹小。

だいめい【題名】 0

（書刊、戲劇、電影等的）名稱 ★

例 その小説（しょうせつ）の題名（だいめい）は何（なん）ですか。
那本小說的書名是什麼呢？

ダイヤモンド【diamond】 4

鑽石

例 ダイヤモンドの指輪（ゆびわ）を買（か）いたいです。
（我）想買鑽石戒指。

たいよう【太陽】 1

太陽 ★

例 太陽（たいよう）が沈（しず）んだ。
太陽下山了。

たいりょく【体力】 1

體力 ★

例 両親（りょうしん）の体力（たいりょく）がだんだん衰（おとろ）えてきた。
父母親的體力漸漸衰退了。

タオル【towel】 1

毛巾 ★★

例 たんすにたくさんのタオルを収納（しゅうのう）している。
櫃子裡收納著許多毛巾。

たがい【互い】 0

雙方；彼此；互相 ★★

例 お互（たが）いの情報（じょうほう）を交換（こうかん）した。
交換了彼此的情報。

たくはいびん【宅配便】 0

宅配；快遞

例 今日（きょう）、宅配便（たくはいびん）でその書類（しょるい）を送（おく）ります。

今天，會用快遞寄送那份文件。

ただ 1

①免費②普通 ★★★

例 ①この展覧会（てんらんかい）は子供（こども）がただで入（はい）れます。

這個展覽會小朋友可以免費進入。

②彼女（かのじょ）はただの人（ひと）ではありません。

她可不是普通人。

たてなが【縦長】 0

長；縱長

例 紙（かみ）を縦長（たてなが）に切（き）った。

把紙裁切成了長方形。

たのみ【頼み】 3 1

請求；委託；依賴 ★★

例 妹（いもうと）の頼（たの）みで電気屋（でんきや）へ行（い）った。

受妹妹的委託去了電器行。

たま【玉・球・珠】 0 2

球 ★

例 全身（ぜんしん）に玉（たま）の汗（あせ）が流（なが）れている。

全身汗珠如注。

たんきだいがく【短期大学】 4 **たんだい【短大】** 0

短期大學，短大 ★★

例 短期大学（たんきだいがく）で韓国語（かんこくご）を勉強（べんきょう）している。

正在短大學韓語。

ダンサー【dancer】 1

舞者；舞蹈家

例 彼女（かのじょ）は有名（ゆうめい）なダンサーを目指（めざ）している。

她以成為有名的舞蹈家為目標。

たんす【箪笥】 0

衣櫃；櫃子 ★

例 セーターをたんすに仕舞(しま)ってください。
請把毛衣收進衣櫃裡。

だんたい【団体】 0

團體；集體 ★

例 もう団体生活(だんたいせいかつ)に慣(な)れましたか。
已經習慣團體生活了嗎？

たんぼ【田んぼ・田圃】 0

稻田

例 道(みち)の向(む)こう側(がわ)は一面(いちめん)の田(た)んぼだ。
路的另一側是一片稻田。

ちチ

チーズ【cheese】 1

起司，乳酪 ★★

例 どのブランドのチーズを注文(ちゅうもん)しましたか。
訂購了什麼牌子的起司呢？

チーム【team】 1

隊伍；團隊 ★★

例 私達(わたしたち)は新(しん)チームを組(く)んだ。
我們組成了新團隊。

ちか【地下】 1 2

地下 ★

例 台湾(たいわん)は地下(ちか)資源(しげん)が豊(ゆた)かですか。
台灣地下資源豐富嗎？

ちがい【違い】 0

差異；差別 ★★

例 兄(あに)と僕(ぼく)は七歳違(ななさいちが)いです。
哥哥跟我差七歲。

ちきゅう【地球】 0

地球 ★

例 地球(ちきゅう)は一(ひと)つしかないから、しっかり守(まも)らなければいけない。
因為地球只有一個，所以必須好好守護。

ちく【地区】 1 2

地區

例 あの地区(ちく)は住宅地(じゅうたくち)です。
那個地區是住宅區。

チケット【ticket】 2 1

票；車票 ★★★

例 コンサートのチケットを四枚(よんまい)買(か)いました。
買了四張演唱會的票。

ちしき【知識・智識】 1

知識 ★

例 私(わたし)は歴史方面(れきしほうめん)の知識(ちしき)に欠(か)けている。
我缺乏歷史方面的知識。

チップ(ス)【chip(s)】 1

木屑；乾燥的食物脆片（如洋芋片，蔬菜脆片等） ★

例 リンゴチップスをたくさん食(た)べた。
吃了很多蘋果脆片。

ちほう【地方】 1 2

地方；地區 ★

例 私(わたし)は関西地方(かんさいちほう)の出身(しゅっしん)です。
我在關西地區出生。

チャイム【chime】 1

鐘；門鈴 ★

例 チャイムが鳴(な)っている。誰(だれ)が来(き)たのか。
門鈴響了。是誰來了呢？

ちゅうがくせい【中学生】 3 4

國中生 ★★

例 あの中学生(ちゅうがくせい)は背(せ)が低(ひく)いです。
那位國中生個子很小。

ちゅうかなべ【中華鍋】 4

中式炒菜鍋

例 よく中華鍋(ちゅうかなべ)で野菜(やさい)を炒(いた)める。
常用中式炒菜鍋炒菜。

ちゅうこうねん【中高年】 3

中老年 ★

例 中高年(ちゅうこうねん)は何歳(なんさい)から何歳(なんさい)までですか。
中老年是從幾歲到幾歲呢？

ちゅうじゅん【中旬】 0

中旬 ★★

例 来月(らいげつ)の中旬(ちゅうじゅん)には、日本(にほん)にいます。
下個月的中旬，在日本。

ちゅうしん【中心】 0

中心；中央；當中 ★★★

例 都市(とし)の中心部(ちゅうしんぶ)に大(おお)きな鐘(かね)がある。
都市的中央有大時鐘。

ちゅうねん【中年】 0

中年 ★★

例 この雑誌(ざっし)は中年(ちゅうねん)向(む)きです。
這本雜誌適合中年人。

ちょうかん【朝刊】 0

早報

例 毎朝(まいあさ)、コーヒーを飲(の)みながら、朝刊(ちょうかん)を読(よ)みます。
每天早上，邊喝咖啡邊看早報。

ちょうし【調子】 0

音調；語調；聲調；狀況 ★★★

例 最近(さいきん)、体(からだ)の調子(ちょうし)はどうですか。
最近，身體狀況如何呢？

ちょうじょ【長女】 1

長女 ★★

例 長女は来月から、中小企業に就職します。

大女兒下個月開始，要在中小企業上班。

ちょうなん【長男】 1 3

長男 ★★

例 長男は来年、大学院を卒業する予定です。

長男預計明年研究所畢業。

ちょうりし【調理師】 3

廚師

例 調理師の免許を取りたいです。

（我）想取得廚師執照。

チョーク【chalk】 1

粉筆 ★

例 チョークで黒板に絵を描く。

用粉筆在黑板上畫圖。

ちょくご【直後】 1 0

緊接著；剛～不久 ★

例 事故が起こったのは、父が外国へ行った直後だった。

事故發生在父親剛出國不久。

ちょくぜん【直前】 0

眼看就要～的時候 ★

例 出発直前にパスポートを落とした。

眼看就要出發的時候，把護照弄丟了。

チョコレート【chocolate】 3

巧克力 ★★

例 今朝、チョコレートタルトの作り方を習った。

今天早上，學了巧克力塔的做法。

つツ

つかれ【疲れ】 0 3

疲勞 ★★

例 疲れのせいで体調を崩した。

因為疲勞而弄壞了身體。

つきあたり【突き当り・突き当たり】 0

盡頭 ★★

例 コンビニはこの道の突き当たりです。

便利商店就在這條路的盡頭。

つづき【続き】 0

後續；接續；連續；下文 ★★

例 このドラマの続きが見たいです。

（我）想看這齣電視劇的後續。

つまさき【爪先】 0

腳尖

例 あの女の子は爪先で歩いている。

那位女孩正踮著腳尖走路。

つゆ【梅雨】 0

梅雨 ★★

例 梅雨は六月から七月にかけて続きます。

梅雨從六月持續到七月。

てテ

ティーシャツ【T-shirt】 0

T 恤 ★★

例 彼は白いティーシャツを着ています。

他穿著白色 T 恤。

ディーブイーディー
ＤＶＤ ドライブ【DVD drive】5

電腦磁碟機

例 ＤＶＤドライブで外国語を習っています。
用電腦磁碟機學外語。

ディーブイーディー
ＤＶＤ プレイヤー【DVD player】5

磁碟播放機

例 ＤＶＤプレイヤーで録画することもできます。
也可以用磁碟播放機錄影。

ていき【定期】1

定期 ★

例 今日は定期会議があります。
今天有定期會議。

ていきけん【定期券】3

定期車票；月票 ★★

例 バスの定期券を買った。
（我）買了公車月票。

ディスプレイ【display】341

陳列；展示；顯示器 ★

例 大型の液晶ディスプレイが欲しいです。
（我）想要大型的液晶螢幕。

ていりゅうじょ【停留所】05

公車站 ★

例 停留所でバスを待ちます。
在公車站等公車。

データ【data】10

論據；資料；數據 ★★

例 色々なデータを参照して、レポートを書き終えた。
參考許多資料，寫完了報告。

テーマ【（德）Thema】 1

主題；（論文、演說等的）題目 ★★

例 郭さんの論文のテーマは何ですか。

郭同學的論文題目是什麼呢？

できごと【出来事】 2

事件；事情 ★★

例 今日の新聞に載っていた出来事を読みましたか。

看了今天報紙刊載的事件了嗎？

てくび【手首・手頸】 1

手腕 ★

例 手首を怪我したから、今日は外食しよう。

因為手腕受傷了，所以今天吃外面吧！

でこ 1

前額

例 彼はおでこが広いです。

他的前額很寬。

デザート【dessert】 2

甜點 ★★

例 デザートは何になさいますか。

想吃什麼甜點呢？

デザイナー【designer】 0 2

設計師 ★★

例 デザイナーに台所の設計を頼んだ。

委託了設計師來設計廚房。

デジカメ 0 **デジタルカメラ** 5 **【digital camera】**

數位相機 ★

例 一眼レフのデジカメを購入しました。

買了單眼數位相機。

デジタル【digital】 1

計數；數字；數位 ★

例 日本(にほん)のデジタル家電(かでん)は大人気(だいにんき)です。

日本的數位家電很受歡迎。

てすうりょう【手数料】 2

手續費；佣金

例 電話注文(でんわちゅうもん)の場合(ばあい)、手数料(てすうりょう)は掛(か)かりますか。

電話訂購的話，需要手續費嗎？

てちょう【手帳・手帖】 0

記事本；手冊 ★

例 毎日(まいにち)手帳(てちょう)を持(も)って、スケジュールを管理(かんり)しています。

每天帶著記事本管理行程。

てっこう【鉄鋼】 0

鋼鐵

例 この工場(こうじょう)は鉄鋼(てっこう)を製錬(せいれん)している。

這家工廠在煉鋼。

てのこう【手の甲】 1

手背 ★

例 あの子(こ)は手(て)の甲(こう)に傷(きず)があります。

那個孩子的手背有傷口。

てのひら【手の平・掌】 1 2

手掌 ★

例 彼女(かのじょ)は手(て)の平(ひら)に湿疹(しっしん)が出(で)ました。

她的手掌長了濕疹。

でんきゅう【電球】 0

燈泡 ★

例 電球(でんきゅう)を取(と)り換(か)えてくれない？

可以幫（我）換燈泡嗎？

でんごん【伝言】 0

傳話，帶口信 ★

例 母（はは）の伝言（でんごん）を姉（あね）に伝（つた）えた。

將母親的話轉告給姊姊了。

てんじょう【天井】 0

天花板；頂棚 ★

例 この教会（きょうかい）は天井（てんじょう）が高（たか）いです。

這間教堂天花板很高。

でんしレンジ【電子range】 4

電子微波爐 ★★★

例 電子（でんし）レンジで料理（りょうり）をしたことがありますか。

用微波爐煮過菜嗎？

てんすう【点数】 3

分數 ★

例 英語（えいご）の期末試験（きまつしけん）の点数（てんすう）は満点（まんてん）でした。

英文期末考得了滿分。

でんたく【電卓】 0

電子計算機 ★

例 電卓（でんたく）で計算（けいさん）した方（ほう）が、便利（べんり）で速（はや）いです。

用電子計算機計算，既方便又快速。

でんち【電池】 1

電池 ★★

例 時計（とけい）の電池（でんち）を取（と）り換（か）えたばかりです。

剛更換了時鐘的電池。

テント【tent】 1

帳篷

例 テントを張（は）ったのは誰（だれ）ですか。

搭好帳篷的人是誰呢？

とト

トイレットペーパー【toilet paper】 6

衛生紙 ★★

例 最近、トイレットペーパーの値上げが話題になっている。

最近，衛生紙的漲價變成了話題。

とうふ【豆腐】 3 0

豆腐 ★

例 豆腐は安くて美味しいです。

豆腐既便宜又好吃。

とうよう【東洋】 1

東洋；東方

例 西洋文化より、東洋文化の方が好きです。

喜歡東方文化勝過西方文化。

どうろ【道路】 1

路，道路 ★★

例 来年、この道路を拡張する予定です。

預計明年拓寬這條路。

トースター【toaster】 0 1

烤麵包機 ★★

例 今朝、トースターでパンを焼きました。

今天早上，用烤麵包機烤了麵包。

ドキュメンタリー【documentary】 3

紀錄；紀錄片

例 ドキュメンタリー映画を撮影するのは大変です。

拍紀錄片很辛苦。

どくしん【独身】 0

單身 ★★

例 彼女(かのじょ)はまだ独身(どくしん)です。

她還是單身。

とくちょう【特徴】 0

特徴 ★

例 彼女(かのじょ)の性格(せいかく)の特徴(とくちょう)は何(なん)ですか。

她的性格特徵為何呢？

とくべつきゅうこう【特別急行】 5

特快車 ★

例 特別急行(とくべつきゅうこう)で東京(とうきょう)へ行(い)くなら、三十分(さんじゅっぷん)だけしか掛(か)からない。

坐特快車去東京的話，只要花三十分鐘。

ところどころ【所々・所所】 4

到處；整體 ★★

例 この庭(にわ)の所々(ところどころ)にバラが植(う)えてある。

這個院子到處種著玫瑰。

とし【都市】 1

都市 ★

例 学校(がっこう)は都市(とし)に集中(しゅうちゅう)している。

學校集中在都市。

としうえ【年上】 0

年長 ★★

例 兄(あに)は私(わたし)より七(なな)つ年上(としうえ)です。

哥哥比我年長七歲。

としした【年下】 0

年紀較小 ★★

例 私(わたし)は兄(あに)より七(なな)つ年下(としした)です。

我比哥哥小七歲。

としょ【図書】 1

圖書 ★

例 中央図書館の図書カードを申請した。

申請了中央圖書館的借書證。

としょしつ【図書室】 2 3

圖書室 ★

例 よく会社の図書室で雑誌を読みます。

常常在公司的圖書室看雜誌。

としより【年寄・年寄り】 3 4

老年人；長輩 ★★

例 バスでお年寄りに席を譲るのはマナーです。

在公車上讓座給老年人是禮貌。

とちゅう【途中】 0

途中

例 帰宅の途中で、本屋へ立ち寄った。

回家途中，順道去了書局。

トップ【top】 1

尖端；第一；首席 ★

例 彼女は大学をトップで卒業した。

她在大學以第一名畢業了。

トマト【tomato】 1

番茄 ★

例 トマトでケチャップを作った。

用番茄做了番茄醬。

ドライヤー【dryer】 0 2

吹風機 ★

例 ドライヤーで髪の毛をセットする。

用吹風機整理頭髮。

トラック【track】 2

跑道；卡車；音軌

例 準備運動としてトラックを三周する。

沿著跑道跑三圈當暖身運動。

ドラマ【drama】 1

戲劇 ★★

例 母(はは)は毎晩(まいばん)テレビドラマを見(み)ます。
母親每天晚上看電視劇。

トランプ【trump】 2

撲克牌 ★★

例 トランプの遊(あそ)び方(かた)を知(し)っていますか。
知道撲克牌的玩法嗎？

ドル【dollar】 1

美金 ★

例 ドルを日本円(にほんえん)に両替(りょうがえ)した。
將美金兌換成日幣了。

トレーニング【training】 2

訓練 ★

例 試合(しあい)の前(まえ)に厳(きび)しいトレーニングを行(おこな)います。
比賽前將進行嚴格的訓練。

ドレッシング【dressings】 2

沙拉醬 ★

例 どんなドレッシングを選(えら)びましたか。
選了什麼沙拉醬呢？

トン【ton】 1

公噸

例 十万(じゅうまん)トンの魚(さかな)を捕(と)った。
捕捉了十萬公噸的魚。

どんぶり【丼】 0

①大碗公②蓋飯 ★★

例 ①丼(どんぶり)でスープを飲(の)んだ。
用大碗公喝了湯。

②丼(どんぶり)の作(つく)り方(かた)を知(し)っていますか。
知道蓋飯的做法嗎？

な行

MP3-05

なナ

ないよう【內容】 0

內容 ★★

例 この小説の内容は面白いですか。
這本小說的內容有趣嗎？

なか【仲】 1

關係；感情；交情 ★★★

例 私と弟は仲がいいです。
我跟弟弟感情很好。

ながそで【長袖】 0 4

長袖 ★★

例 寒くなったから、長袖を着よう。
因為變冷了，所以穿長袖吧！

なかみ【中身・中味】 2

內容；內容物 ★★

例 その弁当の中身は何ですか。
那個便當的內容物是什麼呢？

なかゆび【中指】 2

中指 ★

例 彼女は左手の中指に指輪をつけている。
她左手的中指戴著戒指。

なっとう【納豆】 3

納豆 ★

例 納豆が食べられますか。
敢吃納豆嗎？

なべ【鍋】 1

鍋子；火鍋 ★★

例 鍋の種類は色々あります。
鍋子的種類有很多。

なま
【生】 1

生的；鮮的 ★★

例 弟は人参を生のままで食べるのが好きです。
弟弟喜歡生吃紅蘿蔔。

なみだ
【涙・泪】 1

眼淚 ★

例 娘は涙を流しながら言いました。
女兒邊哭邊説了。

ナンバー
【number】 1

數字；號碼；車牌號碼 ★★

例 新車のナンバーは何ですか。
新車的車牌號碼是什麼呢？

にニ

にせ
【偽・贋】 0

贗品；假冒 ★

例 犯人は偽の身分証明書を持っている。
犯人持有假冒的身分證。

にゅうこくかんりきょく
【入国管理局】 7

入境管理局

例 入国管理局のホームページをご参照ください。
請參照入境管理局的網頁。

にゅうじょうりょう
【入場料】 3

入場費

例 野球の試合の入場料はいくらですか。
棒球比賽的門票多少錢呢？

にわとり【鶏・雞】 0

雞

例 義理の母は鶏を飼っています。

婆婆有養雞。

にんき【人気】 0

人緣；人氣；行情 ★★★

例 あの作家はとても人気があるそうだ。

聽說那位作家非常受歡迎。

にんげん【人間】 0

人；人類 ★

例 人間の本音は行動に現れます。

人的真心表現在行動上。

ねネ

ネックレス【necklace】 1

項鍊 ★

例 姉はネックレスをつけて出掛けた。

姊姊戴上項鍊出門去了。

ねらい【狙い】 0

瞄準；目標 ★

例 この授業の狙いは日本文化の理解だ。

這堂課的目標是瞭解日本文化。

ねんがじょう【年賀状】 0 3

賀年卡

例 年賀状で友達に年始の挨拶をした。

用賀年卡祝賀朋友新年快樂了。

ねんし【年始】 1

年初 ★

例 目上の方に年始の挨拶をした。

向長輩祝賀新年快樂了。

のノ

のうか【農家】 1

農戶，農家

例 台湾（たいわん）の農家（のうか）は年々（ねんねん）減（へ）っている。
台灣的農戶正逐年遞減。

のうぎょう【農業】 1

農業

例 農業（のうぎょう）をしている人（ひと）は少（すく）なくなった。
從事農業的人變少了。

のうど【濃度】 1

濃度

例 紹興酒（しょうこうしゅ）はアルコール濃度（のうど）が高（たか）いです。
紹興酒的酒精濃度高。

のうりょく【能力】 1

能力 ★★

例 思考能力（しこうのうりょく）は非常（ひじょう）に大切（たいせつ）だと思（おも）う。
（我）覺得思考能力非常重要。

のこぎり【鋸】 3 4

鋸子

例 鋸（のこぎり）で板（いた）を切（き）った。
用鋸子鋸了木板。

のち【後】 2 0

之後；將來 ★

例 授業（じゅぎょう）ののち、講演（こうえん）を行（おこな）った。
課程結束之後，舉行了演講。

のぼり
【上り・登り・昇り】 0

①上升；上坡②到東京的列車 ★★

例 ①こちらから行(い)くと、上(のぼ)りが大変(たいへん)です。
從這裡去的話，上坡會比較辛苦。

②彼(かれ)らは上(のぼ)りの電車(でんしゃ)に乗(の)った。
他們搭了到東京的電車。

のり
【糊】 2

漿糊 ★

例 糊(のり)で履歴書(りれきしょ)に写真(しゃしん)を貼(は)り付(つ)けた。
用漿糊將照片貼在履歷表上了。

のりかえ
【乗り換え・乗換え・乗換】 0

轉乘；調換 ★★

例 東京方面(とうきょうほうめん)行(ゆ)きはここで乗(の)り換(か)えです。
往東京方向在這裡換車。

のりば
【乗り場・乗場】 0

乘坐車船的地方 ★★

例 バス乗(の)り場(ば)でバスを待(ま)っています。
正在公車乘車處等公車。

は行

MP3-06

はハ

バーゲン 1 **バーゲンセール** 5 **【bargain (sale)】**

大拍賣，大減價 ★★

例 三越（みつこし）デパートのバーゲンが開催（かいさい）された。

三越百貨開始舉行大拍賣了。

パーセント【percent】 3

百分率 ★★

例 全商品（ぜんしょうひん）が三十（さんじゅっ）パーセント割引（わりびき）になります。

全部商品都打七折。

ハードディスク【hard disk】 4

硬碟 ★

例 ハードディスクの空（あ）き容量（ようりょう）が少（すく）なくなった。

硬碟的可用容量變少了。

パートナー【partner】 1

舞伴；夥伴；合夥人 ★★

例 人生（じんせい）のパートナーはどんな人（ひと）がいいですか。

人生的伴侶要什麼樣的人好呢？

はい【肺】 0

肺；飛機引擎

例 肺（はい）の働（はたら）きは呼吸（こきゅう）に関連（かんれん）しています。

肺的運作會影響呼吸。

はい【灰】 0

灰

例 テーブルの上（うえ）のタバコの灰（はい）を拭（ふ）きなさい。

請擦拭桌上的菸灰。

はいいろ【灰色】 0

灰色 ★

例 彼女(かのじょ)は灰色(はいいろ)のマフラーを巻(ま)いている。

她圍著灰色的圍巾。

バイオリン【violin】 0

小提琴 ★

例 彼女(かのじょ)の息子(むすこ)は、小(ち)さい頃(ころ)からバイオリンを習(なら)っています。

她的兒子，從小就學小提琴。

ハイキング【hiking】 1

遠足

例 明日(あした)は学生達(がくせいたち)を連(つ)れてハイキングに行(い)く。

明天將帶著學生們去遠足。

バイク【bike】 1

摩托車；腳踏車 ★★

例 バイクで会場(かいじょう)へ行(い)くつもりです。

打算騎摩托車去會場。

ばいてん【売店】 0

小賣店；販賣部 ★★

例 映画館(えいがかん)の売店(ばいてん)でコーヒーを買(か)った。

在電影院的販賣部買了咖啡。

ハイヒール【high heeled shoes】 3

高跟鞋 ★

例 ハイヒールを履(は)くことに慣(な)れている。

習慣穿高跟鞋。

はいゆう【俳優】 0

演員 ★★

例 彼(かれ)は有名(ゆうめい)な俳優(はいゆう)になった。

他成了有名的演員。

パイロット【pilot】 1 3

飛行員；領航員 ★

例 彼(かれ)は小(ちい)さい頃(ころ)からパイロットになりたがっている。

他從小就想當飛行員。

はくぶつかん【博物館】 4

博物館 ★

例 李先生(りせんせい)は博物館(はくぶつかん)の展示解説員(てんじかいせついん)です。

李老師是博物館的展示解說員。

はぐるま【歯車】 2

齒輪

例 歯車(はぐるま)は様々(さまざま)な種類(しゅるい)があります。

齒輪有各式各樣的種類。

はさみ【鋏】 2 3

剪刀；剪票鋏 ★★

例 鋏(はさみ)で木(き)の枝(えだ)を切(き)った。

用剪刀剪了樹枝。

はし【端】 0

開端；邊緣；兩端 ★★

例 端(はし)に座(すわ)っている人(ひと)は立(た)ってください。

坐在兩邊的人請站起來。

はじまり【始まり・初まり】 0

開始；起因 ★★

例 喧嘩(けんか)の始(はじ)まりは、たった百円(ひゃくえん)のことだった。

吵架的起因，只是一百日圓而已。

パジャマ【pajama】 1

睡衣 ★

例 もうパジャマに着替(きが)えたから、出掛(でか)けたくない。

（我）因為已經換了睡衣，所以不想出門。

ばしょ【場所】 0

地點；場合；座位 ★★

例 交通事故(こうつうじこ)の場所(ばしょ)はどこですか。

車禍的地點在哪裡呢？

はしら【柱】 3 0

柱子；支柱

例 台風(たいふう)で電信柱(でんしんばしら)が倒(たお)れた。

由於颱風，電線桿倒了。

バスケットボール【basketball】 6

籃球 ★

例 毎週土曜日(まいしゅうどようび)、バスケットボールをします。

每週六打籃球。

バスてい【bus停】 0

公車站 ★★

例 バス停(てい)でバスを待(ま)っています。

正在公車站等公車。

パスポート【passport】 3

護照 ★★

例 パスポートを貴重品(きちょうひん)ケースの中(なか)に入(い)れてロックした。

將護照鎖在貴重物品保管箱裡了。

はた【旗・幡】 2

旗子，旗幟

例 大使館(たいしかん)の入(い)り口(ぐち)に中華民国(ちゅうかみんこく)の旗(はた)が上(あ)がっている。

中華民國的國旗在大使館的入口飄揚。

はたけ【畑・畠】 0

①田地②專業領域方面 ★

例 ①畑(はたけ)に玉葱(たまねぎ)を植(う)えた。

在田地種了洋蔥。

②我(わ)が社(しゃ)には管理畑(かんりばたけ)の人材(じんざい)が要(い)る。

我們公司需要管理方面的人才。

はたらき【働き】 0

工作；勞動；作用 ★

例 最近(さいきん)、頭(あたま)の働(はたら)きが鈍(にぶ)いです。
最近頭腦遲鈍。

パチンコ 0 2

柏青哥，小鋼珠

例 パチンコをしたことがありますか。
玩過小鋼珠嗎？

バッグ【bag】 1

皮包；手提包；公事包 ★★

例 新(あたら)しいバッグが欲(ほ)しいです。
（我）想要新的手提包。

バナナ【banana】 1

香蕉 ★

例 スーパーでバナナをたくさん買(か)った。
在超市買了許多香蕉。

はば【幅】 0

寬度；幅度 ★

例 来年(らいねん)、この道路(どうろ)の幅(はば)を拡張(かくちょう)する予定(よてい)です。
預計明年拓寬這條路。

はみがき【歯磨き】 2

①刷牙②牙膏（「歯磨(はみが)き粉(こ)」的簡稱） ★★

例 ①一日(いちにち)に三回(さんかい)歯磨(はみが)きをします。
一天刷三次牙。

②どのブランドの歯磨(はみが)きを使(つか)っていますか。
用哪一個牌子的牙膏呢？

ハム【ham】 1

火腿 ★

例 ハムエッグサンドイッチを食(た)べた。
吃了火腿蛋三明治。

ばめん【場面】 1 0

①狀況②（戲劇、電影等的）場面；場景 ★★

例 ①どんな場面でも立ち向かわなければいけない。
無論遇到什麼狀況都得面對。

②このドラマの最後の場面はとても感動的です。
這齣電視劇最後的場景非常感人。

はやくち【早口】 2

說話快 ★

例 彼女は早口です。
她說話很快。

はら【腹】 2

腹部；肚子 ★★

例 腹を壊した。
吃壞肚子了。

バラエティー【variety】 2

多樣化；綜藝節目 ★

例 台湾のバラエティー番組はつまらないと思う。
（我）覺得台灣的綜藝節目很無聊。

バランス【balance】 0

平衡 ★

例 毎月収支のバランスを取っている。
每個月的收支都平衡。

バレエ【（法）ballet】 1

芭蕾舞

例 彼女は素晴らしいバレエダンサーです。
她是名優秀的芭蕾舞者。

バン【van】 1

貨車

例 我(わ)が社(しゃ)は古(ふる)い車(くるま)を新(あたら)しいバンに買(か)い替(か)えた。
我們公司買了新貨車來替換舊車。

ばん【番】 1

①輪班②看守 ★★

例 ①次(つぎ)は誰(だれ)の番(ばん)ですか。
下一個換誰了呢？

②子供(こども)の頃(ころ)、よく一人(ひとり)で留守番(るすばん)をしました。
小時候常常一個人看家。

はんい【範囲】 1

範圍 ★★

例 試験(しけん)の範囲(はんい)は第一課(だいいっか)から第五課(だいごか)までです。
考試的範圍是從第一課到第五課。

パンツ【pants】 1 0

褲子；短褲；內褲（通常指內褲） ★

例 ショートパンツ（＝短(たん)パン）でジョギングをします。
穿短褲慢跑。

はんにん【犯人】 1

犯人

例 犯人(はんにん)は逮捕(たいほ)された。
犯人被逮捕了。

ハンバーガー【hamburger】 3
バーガー【burger】 1

漢堡 ★★

例 どんなハンバーガーを注文(ちゅうもん)しましたか。
點了怎樣的漢堡呢？

パンプス【pumps】 0 1

淑女包鞋；高跟皮鞋

例 パンプスを履いて面接に行きたいです。
（我）想穿包鞋去面試。

パンフ 1
パンフレット 1 4
【pamphlet】

（簡介等的）小冊子 ★

例 美術館のパンフレットをもらった。
拿到了美術館的小冊子。

ひヒ

ピアニスト【pianist】 3

鋼琴家

例 あのピアニストは私の好きな曲を弾いている。
那名鋼琴家正彈奏著我喜歡的曲子。

ヒーター【heater】 1

電暖器；暖爐 ★★

例 外出する時はヒーターを消しなさい。
外出時要關掉電暖器。

ビール【（荷）bier】 1

啤酒 ★

例 主人はいつもビールを飲みながら、ご飯を食べます。
老公總是邊喝啤酒邊吃飯。

ひがい【被害】 1

損害，損失

例 地震で大きな被害を受けた。
因為地震而遭受了很大的損失。

ひかげ
【日陰・日蔭】 0

陰涼處；見不得人

例 日陰で少し休みましょう。
在陰涼處休息一會兒吧！

ひきざん
【引き算・引算】 2

減法

例 娘に引き算を教えています。
正在教女兒減法。

ピクニック
【picnic】 1 3 2

郊遊，野餐 ★

例 クラス全員揃ってピクニックに行く。
全班到齊一起去郊遊。

ひざ
【膝】 0

膝蓋 ★

例 小猫を膝の上に座らせる。
讓小貓坐在膝蓋上。

ひじ
【肘・肱・臂】 2

手肘；扶手 ★

例 右肘が痛いです。
右手肘很痛。

びじゅつ
【美術】 1

美術 ★

例 美術に関する仕事を探している。
正在找跟美術有關的工作。

びじん
【美人】 1 0

美女，美人 ★★

例 彼女は若い時も美人だったんです。
她年輕的時候也是美女。

ひたい
【額】 0

額頭 ★

例 額に玉の汗が流れている。
額頭汗珠如注。

ひだりがわ【左側】 0

左側，左方，左邊 ★★

例 まっすぐ行(い)くと、左側(ひだりがわ)に本屋(ほんや)があります。
直走的話，左側就有書局。

ひだりて【左手】 0

左手 ★

例 あの子(こ)は左手(ひだりて)で箸(はし)を持(も)ちます。
那個孩子用左手拿筷子。

ビデオ【video】 1

錄影機 ★

例 ビデオで今晩(こんばん)のドラマを録画(ろくが)した。
用錄影機錄下了今晚的電視劇。

ひとさしゆび【人差し指・人差指】 4

食指 ★

例 私(わたし)の薬指(くすりゆび)は人差(ひとさ)し指(ゆび)より長(なが)いです。
我的無名指比食指長。

ひとびと【人々・人人】 2

人人，人們

例 人々(ひとびと)はお互(たが)いに助(たす)け合(あ)っている。
人們互相幫助。

ビニール【vinyl】 2

乙烯基；乙烯樹膠製成的塑膠 ★★

例 ビニール袋(ぶくろ)は燃(も)えるゴミですか。
塑膠袋是可燃垃圾嗎？

ひふ【皮膚】 1

皮膚

例 うちの子(こ)は皮膚(ひふ)が弱(よわ)いです。
我的孩子皮膚不好。

ひふくひ【被服費】 3

治裝費（包含所有穿戴在身上的東西，如帽子、圍巾、鞋子、飾品……等）

例 一年(いちねん)の被服費(ひふくひ)はどれぐらいですか。
一年的治裝費大約是多少呢？

ひみつ【秘密】 0

秘密 ★★

例 彼(かれ)らは秘密(ひみつ)活動(かつどう)をしている。

他們正進行祕密行動。

ひも【紐】 0

帶子；細繩 ★★

例 この子(こ)は靴(くつ)の紐(ひも)を結(むす)ぶことができますか。

這個孩子會繫鞋帶嗎？

びょう【秒】 1

秒 ★★

例 秒(びょう)の差(さ)で勝敗(しょうはい)が決(き)まる。

勝敗取決於一秒之差。

びよういん【美容院】 2

美容院 ★★

例 いい美容院(びよういん)を紹介(しょうかい)してください。

請介紹好的美容院（給我）。

ひょうご【標語】 0

標語

例 行事(ぎょうじ)の標語(ひょうご)を考(かんが)えている。

正在思索活動的標語。

びようし【美容師】 2

美髮師 ★

例 あの美容師(びようし)は髪(かみ)を切(き)る技術(ぎじゅつ)が高(たか)いです。

那位美髮師的理髮技術很高超。

ひょうじょう【表情】 3

表情 ★

例 彼女(かのじょ)は変(へん)な表情(ひょうじょう)をしている。

她露出怪異的表情。

ひょうほん【標本】 0

標本

例 あの生物学者(せいぶつがくしゃ)は昆虫標本(こんちゅうひょうほん)をたくさん作(つく)った。

那位生物學家製作了很多昆蟲標本。

ひょうめん【表面】 3

表面

例 月の表面の様子はどうなっていますか。

月球的表面是什麼樣子呢？

びら 0

廣告；傳單

例 びらを掲示板に貼った。

將傳單貼在公布欄上了。

ひるすぎ【昼過ぎ】 4 0

剛過午；午後 ★

例 昼過ぎに、コーヒーを一杯飲みました。

午後，喝了一杯咖啡。

ひろさ【広さ】 1 0

寬度；幅度 ★

例 この部屋の広さはどれくらいですか。

這間房間大約多寬呢？

びん【瓶】 1

瓶子 ★

例 瓶をきれいに洗った。

將瓶子洗乾淨了。

ピンク【pink】 1

粉紅色 ★★

例 ピンクのかばんを持っているのは私の妹です。

拿著粉紅色包包的人是我妹妹。

びんせん【便箋】 0

信紙

例 可愛い便箋をいっぱい集めた。

收集了很多可愛的信紙。

ふフ

ファストフード【fast food】 4

速食 ★★

例 アメリカ人はよくファストフードを食べます。
美國人經常吃速食。

ファスナー【fastener】 1

拉鍊 ★

例 私はズボンのファスナーをしめ忘れていた。
我忘了將褲子的拉鍊拉上了。

ふうぞく【風俗】 1

風俗

例 もう日本の風俗習慣に慣れた。
已經習慣日本的風俗習慣了。

ふうふ【夫婦】 1

夫婦 ★★

例 あの若夫婦は仲がいいです。
那對年輕夫妻感情很好。

ふくろ【袋・嚢】 3

袋子；口袋 ★★★

例 パンを袋に入れた。
把麵包放進袋子裡了。

ふこう【不幸】 2

不幸；倒楣

例 彼の不幸に同情します。
同情他的不幸。

ふごう【符号】 0

符號

例 分からないところに符号を付けなさい。
不懂的地方要加上記號。

ふすま【襖】 0 3

拉門；隔扇

例 ふすまを閉(し)めてください。
請關上拉門。

ふた【蓋】 0

蓋子 ★★★

例 フライパンに蓋(ふた)をした。
將平底鍋蓋上了鍋蓋。

ぶた【豚・豕】 0

豬 ★★

例 豚(ぶた)を飼(か)う農家(のうか)がだんだん少(すく)なくなってきた。
養豬的農家漸漸變少了。

ぶたい【舞台】 1

舞台 ★★

例 彼(かれ)は二十歳(はたち)の時(とき)、初(はじ)めて舞台(ぶたい)に出(で)た。
他二十歲時，第一次登上了舞台。

ふたて【二手】 3 0 2

兩路；兩方面；兩個方向

例 私(わたし)は二手(ふたて)に分(わ)かれる道路(どうろ)の真(ま)ん中(なか)に立(た)っている。
我正站在分成兩路的道路正中央。

ふちょう【府庁】 2

日本政府的辦公廳（京都府廳、大阪府廳）

例 府庁(ふちょう)への行(い)き方(かた)を教(おし)えてくれない？
可以告訴我怎麼去政府的辦公廳嗎？

ぶっか【物価】 0

物價 ★

例 最近(さいきん)、物価(ぶっか)がだんだん上(あ)がってきた。
最近，物價漸漸上漲了。

ぶつり【物理】 1

物理

例 物理(ぶつり)の試験(しけん)で不合格(ふごうかく)になった。

物理考試不及格。

ふみきり【踏切・踏切り・踏み切り】 0

平交道 ★

例 踏切(ふみきり)を渡(わた)って、すぐに寮(りょう)の入口(いりぐち)があります。

過了平交道，馬上就是宿舍入口了。

ふもと【麓】 3

山腳下

例 富士山(ふじさん)の麓(ふもと)に住(す)んでいる。

住在富士山的山腳下。

フライがえし【フライ返し】 4

鍋鏟

例 フライ返(がえ)しで裏返(うらがえ)してください。

請用鍋鏟翻面。

フライトアテンダント【flight attendant】 6

空服員

例 彼女(かのじょ)はフライトアテンダントで、とても忙(いそが)しいです。

因為她是空服員，所以非常忙碌。

プライバシー【privacy】 2

隱私 ★

例 他人(たにん)のプライバシーを尊重(そんちょう)してください。

請重視他人的隱私。

フライパン【frying pan】 0

平底鍋 ★

例 フライパンで魚(さかな)を焼(や)いた。

用平底鍋煎了魚。

ブラインド【blind】 0

百葉窗

例 青(あお)いブラインドを選(えら)んだ。
選了藍色的百葉窗。

ブラウス【blouse】 2

女性襯衫；罩衫 ★

例 ピンクのブラウスを探(さが)しています。
正在找粉紅色的女性襯衫。

プラスチック【plastic】 4

塑膠 ★★

例 あれはゴム製(せい)ですか、プラスチック製(せい)ですか。
那是橡膠製的，還是塑膠製的呢？

プラットホーム 5
ホーム 1
【platform】

月台

例 三番線(さんばんせん)のプラットホームで南行(みなみゆ)きの電車(でんしゃ)を待(ま)っている。
正在第三月台等南下的電車。

ブランド【brand】 0

品牌，牌子 ★★

例 どんなブランドのかばんがお好(す)きですか。
喜歡什麼牌子的包包呢？

プリペイドカード【prepaid card (PC)】 6

預付卡

例 コンビニでプリペイドカードを買(か)った。
在便利商店買了預付卡。

プリンター【printer】 0 2

印表機 ★

例 プリンターを持(も)っていますか。
有印表機嗎？

フルーツ【fruits】 ②

水果 ★★

例 フルーツを食(た)べてください。

請吃水果。

ブレーキ【brake】 ②⓪

煞車；絆腳石 ★

例 何故(なぜ)突然(とつぜん)ブレーキをかけたんですか。

為什麼突然踩了煞車？

プロ ①
プロフェッショナル ③
【professional】

職業；專職 ★★

例 彼(かれ)はプロの選手(せんしゅ)です。

他是職業選手。

ぶん【分】 ①

①部分②成分 ★★

例 ①姉(あね)は私(わたし)の分(ぶん)も食(た)べてしまった。

姊姊把我那一份也吃掉了！

②紹興酒(しょうこうしゅ)のアルコール分(ぶん)は何度(なんど)ですか。

紹興酒的酒精成分是多少度呢？

ぶんすう【分数】 ③

分數

例 分数(ぶんすう)の掛(か)け算(ざん)を習(なら)っています。

正在學分數的乘法。

ぶんたい【文体】 ⓪

文體；文章風格

例 三島由紀夫(みしまゆきお)の文体(ぶんたい)を研究(けんきゅう)したいです。

（我）想研究三島由紀夫的文章風格。

ぶんぼうぐ【文房具】 ③

文具 ★

例 本屋(ほんや)へ文房具(ぶんぼうぐ)を買(か)いに行(い)きます。

要去書局買文具。

へへ

へいじつ【平日】 0

平日，平常 ★★

例 この美術館の来館者は平日でも千人ぐらいいます。
就連平日，來這間美術館的人也有一千人左右。

へいせい【平成】 0

平成（天皇的年號） ★

例 平成は三十一年までです。
平成到三十一年。

へいたい【兵隊】 0

軍隊；軍人；士兵

例 彼の息子は兵隊に行ったんです。
他的兒子去當兵了。

へいわ【平和】 0

和平 ★

例 兵隊の責任は平和を守ることです。
軍人的責任就是守護和平。

へそ【臍】 0

肚臍；物體中心突起部

例 お臍が出ていますよ。
肚臍跑出來了喔！

ベテラン【veteran】 0

老手；高手；老練的人 ★★

例 彼女は校閲のベテランです。
她是校閱高手。

ベランダ【veranda】 0

陽台 ★

例 ベランダに洗濯物（せんたくもの）を干（ほ）します。

把洗好的衣服晾在陽台。

ベルト【belt】 0

帶子；皮帶 ★

例 シートベルトを締（し）めてください。

請繫上安全帶。

ヘルメット【helmet】 1 3

安全帽；頭盔 ★★

例 工事中（こうじちゅう）ですから、ヘルメットを被（かぶ）ってください。

施工中，請戴上安全帽。

ペンキ【（荷）pek】 0

油漆 ★

例 部屋（へや）の壁（かべ）のペンキを塗（ぬ）り替（か）えた。

將房間牆壁的油漆重新粉刷了。

べんごし【弁護士】 3

律師

例 弁護士（べんごし）費用（ひよう）は一時間（いちじかん）いくらですか。

律師費用一小時多少錢呢？

べんじょ【便所】 3

廁所 ★

例 この便所（べんじょ）は綺麗（きれい）です。

這間廁所很乾淨。

ベンチ【bench】 1

長凳；長椅 ★

例 公園（こうえん）のベンチに座（すわ）って、友達（ともだち）を待（ま）っている。

正坐在公園的長椅上等朋友。

べんとう
【弁当】 3

便當 ★★

例 毎日、コンビニの弁当を食べるのは嫌です。
厭倦每天吃便利商店的便當。

ほホ

ほいくえん
【保育園】 3

托兒所 ★

例 来年の四月から、息子を保育園に入園させようと思っています。
（我）打算從明年四月開始讓兒子進托兒所。

ほいくし
【保育士】 3

幼教老師

例 あの保育園の保育士はみんな親切で優しいです。
那家托兒所的幼教老師都既親切又溫和。

ほうたい
【包帯・繃帯】 0

繃帶

例 毎晩包帯を取り換えてください。
請每晚更換繃帶。

ほうちょう
【包丁・庖丁】 0

菜刀

例 包丁でキャベツを切った。
用菜刀切了高麗菜。
（註：複合名詞時，有時「ほ」的發音會改變成「ぼ」，如「果物包丁（水果刀）」。）

ほうほう
【方法】 0

方法 ★★

例 どんな方法で学校へ行きますか。
怎麼去上學的呢？

ぼうりょく【暴力】 1

暴力

例 暴力(ぼうりょく)は問題(もんだい)を解決(かいけつ)する方法(ほうほう)ではないと思(おも)う。
（我）認為暴力並非解決問題的方法。

ほお・ほほ【頬】 1

臉頰

例 妹(いもうと)はりんごのような頬(ほお)をしている。
妹妹的臉頰像蘋果一樣。

ボーイフレンド【boyfriend】 5

男朋友 ★

例 彼女(かのじょ)にボーイフレンドができました。
她交到男朋友了。

ボート【boat】 1

小船

例 ボートで向(む)こう岸(ぎし)へ行(い)きます。
搭小船到對岸去。

ボーナス【bonus】 1

獎金；紅利 ★★

例 昨日(きのう)、年末(ねんまつ)のボーナスをもらった。
昨天，領了年終獎金。

ホームページ【homepage】 4

網頁 ★★

例 我(わ)が社(しゃ)のホームページをご覧(らん)になったことがありますか。
看過我們公司的網頁嗎？

ホール【hall】 1

大廳；禮堂；會場 ★

例 校長先生(こうちょうせんせい)はホールで講演(こうえん)しています。
校長正在禮堂演講。

ボール【ball】 0

球（當棒球用語的「壞球」時重音為1） ★

例 彼（かれ）らはボールを投（な）げたり、捕（と）ったりしている。
他們正在傳、接球。

ほけんじょ【保健所】 0

衛生所

例 今朝（けさ）、保健所（ほけんじょ）で注射（ちゅうしゃ）をした。
今天早上，在衛生所打了針。

ほけんたいいく【保健体育】 4

保健體育課

例 水曜日（すいようび）の午後（ごご）、保健体育（ほけんたいいく）の授業（じゅぎょう）があります。
週三的下午，有保健體育課。

ポップス【pops】 1

流行音樂；大眾 ★

例 私（わたし）はクラシックよりポップスが好（す）きです。
我喜歡流行音樂勝過古典音樂。

ほどう【歩道】 0

人行道 ★

例 大勢（おおぜい）の人（ひと）が歩道（ほどう）で並（なら）んで待（ま）っています。
有很多人在人行道排隊等著。

ほね【骨】 0 2

骨頭；骨架；骨幹；骨氣 ★

例 彼女（かのじょ）は骨（ほね）のある女性（じょせい）だ。
她是一個有骨氣的女生。

ホラー【horror】 1

恐怖

例 ホラー映画（えいが）を見（み）て、眠（ねむ）れなくなった。
看了恐怖電影，睡不著了。

ボランティア【volunteer】 2

志願者，志工 ★

例 ボランティアをする動機（どうき）は何（なん）ですか。
當志工的動機為何呢？

ポリエステル【polyethylene】 3

人造纖維

例 ポリエステルの服(ふく)はどの季節(きせつ)に向(む)いているか。

人造纖維的衣服適合什麼季節呢？

ほんじつ【本日】 1

今天；當天 ★

例 本日(ほんじつ)はご来店頂(らいてんいただ)きまして、誠(まこと)にありがとうございます。

感謝您今天的光臨。

ほんにん【本人】 1

本人；當事人 ★★

例 彼女(かのじょ)が行(い)くかどうか、本人(ほんにん)に聞(き)けば分(わ)かると思(おも)う。

（我）覺得她要不要去，問本人就知道了。

ほんねん【本年】 1

今年

例 本年(ほんねん)も宜(よろ)しくお願(ねが)いします。

今年也請多多指教。

ほんばこ【本箱】 1

書箱 ★

例 本(ほん)を本箱(ほんばこ)から取(と)り出(だ)した。

將書從書箱裡取出了。

ま行

MP3-07

まマ

マイク 1 **マイクロホン** 3 4 **【microphone】**

麥克風 ★

例 マイクのボリュームを大(おお)きくしなさい。
把麥克風音量調大。

マウス【mouse】 1

滑鼠 ★

例 ブルートゥースマウスはとても便利(べんり)です。
藍芽滑鼠非常方便。

まがりかど【曲がり角・曲り角】 4 0

轉角；轉捩點

例 この曲(ま)がり角(かど)にパン屋(や)さんがあります。
這個轉角有麵包店。

まくら【枕】 1

枕頭 ★

例 枕(まくら)がなくても寝(ね)られる。
沒有枕頭也能睡。

まけ【負け】 0

①輸；失敗②減價；贈送 ★

例 ①今回(こんかい)はうちのチームの負(ま)けです。
這次是我們隊伍輸了。

②コーヒーはおまけです。
咖啡是贈送的。（註：此用法時多以假名標記）

まご
【孫】 2

①孫子②「お孫（まご）さん」表示「對方的孫子」 ★★

例 ①孫（まご）ができてほんとに嬉（うれ）しいです。
有孫子了，真的太開心了。

②お孫（まご）さんは何歳（なんさい）ですか。
你的孫子幾歲了呢？

むすう
【無数】 0 2

無數

例 池（いけ）には無数（むすう）の魚（さかな）が泳（およ）いでいる。
池塘裡，無數的魚游著。

マスコミ 0
マスコミュニケーション 6
【mass communication】

媒體 ★★

例 就活（しゅうかつ）でマスコミ業界（ぎょうかい）を狙（ねら）っています。
在求職活動中，以媒體業為目標。

まちがい
【間違い】 3

錯誤；差錯；不準確 ★★★

例 この文章（ぶんしょう）の間違（まちが）いを直（なお）した。
將這篇文章的錯誤訂正了。

まつげ
【まつ毛・睫・睫毛】 1

睫毛 ★

例 あの女（おんな）の子（こ）はまつ毛（げ）が長（なが）いです。
那位女孩睫毛很長。

まつり
【祭り・祭】 0

祭典；祭日 ★★

例 雛祭（ひなまつ）りの起源（きげん）を教（おし）えてください。
請告訴我女兒節的起源。

まどり【間取り】 0

隔間；佈局

例 このアパートは間取(まど)りはいいが、風通(かぜとお)しは良(よ)くない。

這間公寓隔間雖好，但通風不佳。

マナー【manner】 1

禮貌；禮儀，禮節 ★★

例 挨拶(あいさつ)はマナーの基本(きほん)です。

打招呼是禮貌的根本。

まないた【まな板・俎・俎板】 0 3

砧板

例 「肉用(にくよう)」「魚用(さかなよう)」「野菜用(やさいよう)」の三枚(さんまい)のまな板(いた)を使(つか)い分(わ)けます。

將砧板分為「切肉用」、「切魚用」、「切菜用」三塊來使用。

まぶた【瞼・目蓋】 1

眼皮，眼瞼

例 彼女(かのじょ)は一重瞼(ひとえまぶた)ですか、二重瞼(ふたえまぶた)ですか。

她是單眼皮，還是雙眼皮呢？

マフラー【muffler】 1

圍巾 ★

例 寒(さむ)いから、室内(しつない)でもマフラーを巻(ま)いています。

因為很冷，所以連在室內都圍著圍巾。

まゆげ【眉毛】 1

眉毛 ★

例 彼女(かのじょ)は眉毛(まゆげ)が濃(こ)いですか、薄(うす)いですか。

她的眉毛是濃的，還是淡的呢？

まよなか【真夜中】 2

半夜，深夜

例 真夜中(まよなか)に地震(じしん)が起(お)こった。

半夜發生地震了。

マヨネーズ【(法) mayonnaise】 3

美乃滋 ★

例 マヨネーズは何(なん)でできていますか。

美乃滋是用什麼做的呢？

まる【丸・円】 0

①圓形；球形；圓圈②完整 ★★

例 ①答(こた)えを丸(まる)で囲(かこ)んでください。

請把答案用圓圈圈起來。

②英単語(えいたんご)を丸暗記(まるあんき)した。

我把英文單字死背下來了。

マンション【mansion】 1

高級公寓，電梯大廈 ★★

例 東京都(とうきょうと)の中古(ちゅうこ)マンションを探(さが)している。

正在找東京都的中古電梯大廈。

みミ

み【実】 0

果實；種子；內容；湯裡的料 ★

例 庭(にわ)に植(う)えた蜜柑(みかん)が実(み)をつけた。

種在庭院的橘子結果了。

みおくり【見送り】 0

送行（的人）；觀望 ★

例 駅(えき)は見送(みおく)りの人(ひと)でいっぱいです。

車站滿是送行的人。

みかた【味方・御方・身方】 0

我方；同夥 ★★

例 あの会社(かいしゃ)の業務課長(ぎょうむかちょう)を味方(みかた)にしたいです。

（我）想將那家公司的業務課長拉攏過來。

みかん【蜜柑】 1

橘子 ★★

例 この蜜柑はとても酸っぱいです。
這顆橘子非常酸。

みぎがわ【右側】 0

右側，右方，右邊 ★★

例 デパートは駅の右側にあります。
百貨公司在車站的右邊。

みぎて【右手】 0

右手 ★★

例 殆どの人は右手で箸を持ちます。
大部分的人都用右手拿筷子。

ミシン【sewing machine的略語】 1

縫紉機

例 ミシンで刺繍をするのが好きです。
喜歡用縫紉機刺繡。

ミス【Miss】 1

小姐 ★

例 彼女は「ミス台湾」のグランプリだった。
她曾經是「台灣小姐」的冠軍。

みそしる【味噌汁】 3

味噌湯 ★★

例 晩ご飯に味噌汁を三杯飲んだ。
晚餐時喝了三碗味噌湯。

みどりいろ【緑色】 0

綠色

例 彼女は緑色のコートを着ています。
她穿著綠色的外套。

ミュージカル【musical】 1

音樂劇

例 ミュージカルはあまり好（す）きではありません。

不太喜歡音樂劇。

ミュージシャン【musician】 1 3

音樂家

例 好（す）きなミュージシャンがいますか。

有喜歡的音樂家嗎？

みょうごにち【明後日】 3

後天 ★

例 姉（あね）は明後日（みょうごにち）病院（びょういん）へ行（い）きます。

姊姊後天要去醫院。

みょうじ【名字・苗字】 1

姓氏 ★★

例 日本人（にほんじん）の苗字（みょうじ）は地名（ちめい）が多（おお）い。

日本人的姓氏有很多是地名。

みらい【未来】 1

未來 ★★

例 未来（みらい）の予測（よそく）は誰（だれ）にもできない。

誰也無法預測未來。

みんかん【民間】 0

民間；民營

例 将来（しょうらい）、民間企業（みんかんきぎょう）に就職（しゅうしょく）しようと思（おも）っている。

（我）將來想在民營企業就職。

みんしゅ【民主】 1 0

民主

例 民主（みんしゅ）とは、人間（にんげん）の自由（じゆう）や平等（びょうどう）を尊重（そんちょう）することです。

所謂的民主，就是尊重人的自由與平等。

むム

むかい
【向かい・向い】 0

對面 ★

例 コンビニはホテルの向(む)かいにあります。
便利商店在飯店的對面。

むかえ
【迎え】 0

迎接 ★★

例 飛行場(ひこうじょう)は迎(むか)えの人(ひと)でいっぱいです。
機場滿是接機的人。

むじ
【無地】 1

沒有花紋；素色

例 私(わたし)は無地(むじ)のマフラーが好(す)きです。
我喜歡素色的圍巾。

むね
【胸】 2

胸部；心臟；內心 ★

例 母(はは)への思(おも)いを胸(むね)に秘(ひ)めている。
將對母親的思念藏在心裡。

むらさき
【紫】 2

紫色 ★

例 紫(むらさき)の服(ふく)に合(あ)うズボンを選(えら)んでいます。
正在挑選適合搭配紫色衣服的褲子。

めメ

めい
【姪】 0 1

姪女；外甥女 ★

例 姪(めい)の子供(こども)をなんと言(い)いますか？
姪女的小孩叫做什麼呢？

めいし【名刺】 0

名片 ★★

例 名刺交換のマナーを知ってもらいたいです。
想讓你知道互換名片的禮儀。

めいわく【迷惑】 1

麻煩；為難 ★★

例 ご迷惑をおかけして、申し訳ありません。
給您添麻煩了，真是抱歉！

めうえ【目上】 0 3

長輩；上司 ★★

例 目上の人を敬うのは何故ですか？
為什麼要尊敬長輩呢？

めざましどけい【目覚まし時計・目覚し時計】 5

鬧鐘

例 目覚まし時計を使う習慣はありますか。
有用鬧鐘的習慣嗎？

メッセージ【message】 1

訊息；口信；致詞 ★★

例 留守番電話にメッセージを残した。
答錄機裡有留言。

メニュー【(法) menu】 1

菜單 ★★

例 メニューを下さい。
請給我菜單。

メモリー【memory】 0 1

記憶；（電腦）記憶體；紀念 ★

例 コンピューターのメモリーが足りません。
電腦的記憶體不足。

めん【綿】 1

棉花

例 姉に綿のハンカチをもらった。

從姊姊那邊得到了棉質的手帕。

めんきょ【免許】 1

許可；執照；祕方（動詞用「取る」）

例 息子は車の免許を取った。

兒子拿到了汽車的駕照。

めんきょしょう【免許証】 0

執照（動詞用「持つ」或是「ある」） ★★

例 息子は免許証を持っている。

兒子有汽車的駕照。

めんせつ【面接】 0

接見；會面；面試 ★★

例 面接を成功させる方法を教えてください。

請告訴我讓面試成功的方法。

もモ

もうふ【毛布】 1

毯子，毛毯 ★

例 寒いから、毛布を掛けた。

因為很冷，所以鋪上了毯子。

もくてき【目的】 0

目的；目標 ★★

例 今回の来日の目的は何ですか。

這次訪日的目的為何呢？

もくてきち【目的地】 4 3

目的地

例 目的地までの最適なルートを検索している。

正搜尋到目的地的最佳途徑。

もどり【戻り】 3

①恢復原狀②返回；回家 ★

例 ①今日の寒さは「寒の戻り」ですか。
今天的寒冷是「突然回冷」嗎？

②今日は主人の戻りが早いです。
今天老公回來得早。

もも【股・腿】 1

大腿 ★

例 歩くと腿が痛いです。
一走路，大腿就會痛。

もも【桃】 0

桃子 ★

例 最近、桃をいっぱい食べた。
最近，吃了很多桃子。

もんく【文句】 1

①詞句②不滿，牢騷，怨言 ★★

例 ①この言葉は「謳い文句」として世間に広まった。
這個詞彙被當成「廣告用語」而廣為流傳。

②何か文句があったら、私に言いなさい。
有什麼怨言的話，就跟我說。

や行

MP3-08

やヤ

やかん【夜間】 1 0

夜間

例 夜間のバイトを探しています。

正在找夜間的打工工作。

やかん 0

水壺

例 新しいやかんを買った。

買了新的水壺。

やきゅう【野球】 0

棒球 ★

例 彼は毎週土曜日、野球をします。

他每週六打棒球。

やちん【家賃】 1

房租 ★★

例 来月、家賃が上がります。

下個月，房租將會上漲。

やぬし【家主】 1 0

房東；屋主 ★

例 家主の許可を得て、壁紙を貼り替えた。

徵詢了房東的同意，貼換了壁紙。

やね【屋根】 1

屋頂 ★

例 屋根の修理費用は誰が払うのか。

屋頂的修理費用由誰支付呢？

やるき【やる気】 0

幹勁 ★★

例 彼はやる気があるのに、体が弱いです。

他雖有幹勁，但身體孱弱。

ゆユ

ゆうかん【夕刊】 0

晚報

例 毎晩(まいばん)、ご飯(はん)を食(た)べながら夕刊(ゆうかん)を読(よ)みます。
每天晚上，邊吃飯邊看晚報。

ゆうき【勇気】 1

勇氣 ★

例 明日(あした)、勇気(ゆうき)を出(だ)して、彼女(かのじょ)にプロポーズします。
明天，要鼓起勇氣向女朋友求婚。

ゆうごはん【夕御飯】 3

晚飯，晚餐

例 会社(かいしゃ)で夕(ゆう)ご飯(はん)を食(た)べました。
在公司用了晚餐。

ゆうじん【友人】 0

朋友 ★★

例 彼女(かのじょ)はあなたのいい友人(ゆうじん)ですか。
她是你（妳）的好朋友嗎？

ゆうそうりょう【郵送料】 3

郵寄費用，郵資

例 小包(こづつみ)の郵送料(ゆうそうりょう)を知(し)りたいです。
（我）想知道包裹的郵寄費用。

ゆうびん【郵便】 0

郵件 ★

例 この小包(こづつみ)は郵便(ゆうびん)で郵送(ゆうそう)すると、いくらですか。
這個包裹郵寄的話，要多少錢呢？

ゆうびんきょくいん【郵便局員】 6

郵政人員

例 日本(にほん)では、郵便局員(ゆうびんきょくいん)は以前(いぜん)は公務員(こうむいん)だった。

在日本，郵政人員以前是公務員。

ゆか【床】 0

地板 ★★

例 昨夜(ゆうべ)は床(ゆか)に布団(ふとん)を敷(し)いて寝(ね)た。

昨晚在地板上鋪了棉被睡覺。

ゆのみ【湯呑・湯呑み・湯飲・湯飲み】 3

茶杯 ★

例 この湯呑(ゆのみ)は五(いつ)つでワンセットになっている。

這款茶杯五個一組。

よヨ

ようじ【幼児】 1

幼兒 ★

例 保育士(ほいくし)の仕事(しごと)は幼児(ようじ)の面倒(めんどう)を見(み)ることです。

幼教老師的工作就是照顧幼兒。

ようちえん【幼稚園】 3

幼稚園 ★

例 姉(あね)は幼稚園(ようちえん)の先生(せんせい)です。

姊姊是幼稚園的幼教老師。

ようび【曜日】 0

星期～ ★★★

例 あの日(ひ)は何曜日(なんようび)ですか。

那一天是星期幾呢？

ようふくだい【洋服代】 0

治裝費

例 季節（きせつ）ごとの洋服代（ようふくだい）はいくらですか。
每個季節的治裝費是多少呢？

よくじつ【翌日】 0

隔天；第二天 ★★

例 雨（あめ）のため、運動会（うんどうかい）は翌日（よくじつ）に延期（えんき）します。
因為下雨，所以運動會延期到第二天。

よこがき【横書き】 0

橫式書寫 ★

例 横書（よこが）きのノートが好（す）きです。
喜歡橫式書寫的筆記本。

よごれ【汚れ】 0

髒汙；汙垢 ★

例 都会（とかい）は空気（くうき）の汚（よご）れがひどいです。
都市空氣的汙染很嚴重。

よっぱらい【酔っ払い】 0

酒醉；醉漢

例 酔（よ）っ払（ぱら）い運転（うんてん）は危（あぶ）ないです。
酒後開車很危險。

よのなか【世の中】 2

世界；世間；社會 ★★

例 世（よ）の中（なか）は広（ひろ）いようで狭（せま）いです。
世界看似很大，其實很小。

よみ【読み】 2

①讀；唸②判斷 ★

例 ①あのアナウンサーは漢字（かんじ）の読（よ）みを間違（まちが）えなかったか。
那位播音員是不是漢字唸錯了？

②彼（かれ）は読（よ）みが浅（あさ）いです。
他判斷力不夠。

よみかた
【読み方・読方】
30

讀法，唸法；讀日本文章的方法

例 この字(じ)の読(よ)み方(かた)を知(し)っていますか。
知道這個字的唸法嗎？

よろこび
【喜び・慶び・悦び】
034

喜悅，歡喜 ★★

例 親(おや)にとって、子供(こども)の成長(せいちょう)は喜(よろこ)びだ。
對父母來説，孩子的成長是喜悅。

ら行

MP3-09

らラ

ラーメン【拉麵】 1

拉麵 ★★

例 あの飲食店（いんしょくてん）はラーメンが美味（おい）しいです。

那家餐館的拉麵很好吃。

ライター【lighter】 1

打火機 ★★

例 ライターを落（お）としたから、コンビニで新（あたら）しいのを買（か）った。

因為把打火機弄掉了，所以在便利商店買了新的。

ライト【light】 1

燈光；光線 ★★

例 暗（くら）いから、ライトを付（つ）けてください。

因為很暗，所以請開燈。

ラケット【racket】 2

球拍 ★

例 バドミントンのラケットの網（あみ）を張（は）り替（か）えた。

更換了羽球拍的網子。

ラッシュ 1 **ラッシュアワー** 4 **【rush hour】**

蜂擁而至；人潮 ★★

例 ラッシュを避（さ）けて出掛（でか）けたい。

（我）想避開人潮出門。

ラベル【label】 0 1

標籤 ★

例 製造日付（せいぞうひづけ）のラベルを貼（は）った。

貼上了製造日期的標籤。

ランチ
【lunch】 1

午飯，午餐 ★★

例 レストランでランチを食(た)べました。
在餐廳吃了午飯。

りり

リーダー
【leader】 1

領袖；隊長；社長 ★★

例 娘(むすめ)はボランティアグループのリーダーになった。
女兒成了志願者小組的組長。

りか
【理科】 1

理科 ★

例 私(わたし)は理科(りか)が苦手(にがて)だ。
我不擅長理科。

リビング 1
リビングルーム 5
【living room】

客廳，起居室 ★★

例 小犬(こいぬ)はリビングで寝(ね)ている。
小狗正在客廳睡覺。

リボン
【ribbon】 1

緞帶 ★

例 リボンがついているブラウスが好(す)きです。
喜歡附有緞帶的女襯衫。

りょうがわ
【両側】 0

兩側，兩邊 ★

例 通(とお)りの両側(りょうがわ)に売店(ばいてん)が並(なら)んでいる。
馬路的兩邊小賣店櫛比鱗次。

りょうし【漁師】 1

漁夫

例 漁業に携わる漁師はだんだん少なくなってきた。

從事漁業的漁夫越來越少了。

りんご【林檎】 0

蘋果 ★

例 あの子の顔はりんごのように真っ赤です。

那個孩子的臉像蘋果一樣紅通通的。

るル

ルール【rule】 1

規則；規律；尺 ★★

例 サッカーのルールがよく分からない。

不太懂足球的規則。

るすばん【留守番】 0

看家（的人） ★

例 仕事があるので、娘が一人で留守番をしている。

因為有工作，所以由女兒一個人看家。

れレ

れい【例】 1

例子；先例；慣例 ★★

例 明日の午前九時に例の所で待っています。

明天上午九點在老地方等著。

れいがい【例外】 0

例外 ★

例 一人（ひとり）の例外（れいがい）もなく、彼（かれ）の意見（いけん）に賛成（さんせい）した。
沒有一個人例外，大家都贊成他的意見了。

れいぎ【礼儀】 3

禮儀 ★★

例 挨拶（あいさつ）は礼儀（れいぎ）の基本（きほん）です。
打招呼是禮儀的基本。

レインコート【raincoat】 4

雨衣 ★

例 レインコートを着（き）るのが嫌（きら）いです。
討厭穿雨衣。

レシート【receipt】 2

收據 ★★

例 返品（へんぴん）をご希望（きぼう）の場合（ばあい）は、レシートをお持（も）ちください。
想退貨的話，請帶收據來。

れつ【列】 1

隊伍；行列；排列 ★★

例 野球選手（やきゅうせんしゅ）の列（れつ）に入（はい）る。
進入棒球選手的行列。

レベル【level】 0 1

標準；水準 ★★

例 国立大学（こくりつだいがく）の学生（がくせい）のレベルは本当（ほんとう）に高（たか）いですか。
國立大學學生的水準真的很高嗎？

レンタルりょう【rental料】 4

租金

例 このスーツのレンタル料（りょう）はいくらですか。
這套西裝的租金是多少錢呢？

ろロ

ろうか【廊下】 0

走廊 ★

例 廊下で彼とすれ違った。

在走廊跟他擦身而過了。

ろうじん【老人】 0

老年人 ★

例 バスで老人に席を譲るのはマナーです。

在公車上讓座給老年人是禮貌。

ローマじ【ローマ字】 3 0

羅馬字 ★★

例 この本の発音はローマ字で表記されている。

這本書發音是用羅馬字表示的。

ロケット【rocket】 2

火箭

例 ロケットを打ち上げた国は少なくない。

發射過火箭的國家不少。

ロッカー【locker】 1

保險箱；置物櫃 ★

例 文房具は学校のロッカーに入れてあります。

文具放在學校的置物櫃裡。

ロボット【robot】 1 2

機器人；傀儡

例 片付けをしてくれるロボットもありますか。

也有會幫忙打掃的機器人嗎？

わ行

MP3-10

わワ

ワイン【wine】 1

紅酒 ★

例 父（ちち）はワインを飲（の）みました。

父親喝了紅酒。

わかもの【若者】 0

年輕人 ★★

例 我（わ）が社（しゃ）は立派（りっぱ）な若者（わかもの）でいっぱいです。

我們公司有很多優秀的年輕人。

わかれ【別れ・分かれ】 3

離別，分離；辭別 ★

例 もうお別（わか）れですね。

就要離別了啊！

わび【詫び】 0

道歉，賠不是

例 全（すべ）て私（わたし）が悪（わる）いんです。お詫（わ）び申（もう）し上（あ）げます。

都是我不好。向您致上歉意。

わらい【笑い】 0

笑；嘲笑 ★★

例 「笑（わら）いは幸（しあわ）せを呼（よ）ぶ」という説（せつ）もあります。

也有「笑容會招來幸福」的說法。

わりあて【割り当て・割当て】 0

分配；分派

例 委員長（いいんちょう）は掃除（そうじ）の割（わ）り当（あ）てをした。

主委分配了打掃的工作。

わりざん【割り算・割算】 2

除法

例 小数点（しょうすうてん）の割（わ）り算（ざん）は難（むずか）しいですか。

小數點的除法很難嗎？

わん
【椀・碗】 0

碗；木碗 ★

例 中華料理(ちゅうかりょうり)では、椀(わん)を使(つか)ってご飯(はん)を食(た)べます。

中餐是用碗來吃飯的。

MP3-11

あっち【彼方】 3

那位；那個；那邊；那裡 ★★
（指距離對話雙方較遠的人事時地物）

例 図書館（としょかん）はあっちにあります。
圖書館在那邊。

そっち【其方】 3

那位；那個；那邊；那裡 ★★
（指距離說話者較近的人事時地物）

例 学校（がっこう）はそっちにあります。
學校在那邊。

3-2
形容詞

新日檢 N3 當中，以「い」結尾的「形容詞」占了 1.77%，如「羨（うらや）ましい（令人羨慕的）」、「大人（おとな）しい（溫順的）」、「険（けわ）しい（險峻的）」、「酸（す）っぱい（酸的）」、「憎（にく）らしい（令人嫉妒的）」……等，都是 N3 考生必須熟記的基礎必考單字。

あ行

MP3-12

うらやましい【羨ましい】 5

令人羨慕的 ★★

例 彼女(かのじょ)の美(うつく)しさが羨(うらや)ましいです。
羨慕她的美。

えらい【偉い・豪い】 2

偉大的，了不起的 ★★

例 彼(かれ)は会社(かいしゃ)の偉(えら)い人(ひと)だ。
他是公司裡了不起的人物。

おそろしい【恐ろしい】 4

①可怕的②驚人的，非常的 ★

例 ①蛇(へび)は恐(おそ)ろしい動物(どうぶつ)です。
蛇是種可怕的動物。

②彼女(かのじょ)は恐(おそ)ろしくお喋(しゃべ)りだ。
她是個非常多話的人。

おとなしい【大人しい】 4

老實的；溫順的 ★★

例 彼女(かのじょ)は大人(おとな)しい人(ひと)です。
她是個很溫順的人。

か行

MP3-13

がまんづよい【我慢強い】 5

忍耐力強 ★

例 あの子(こ)は我慢強(がまんづよ)いです。
那個孩子忍耐力強。

かゆい【痒い】2	癢的 ★ 例 目(め)がとても痒(かゆ)いです。 眼睛非常癢。
きつい 0 2	①嚴苛的②費力的③太緊的 ★★ 例 ①そんなきつい話(はな)し方(かた)では駄目(だめ)です。 採取那麼嚴苛的說話方式是不行的。 ②この仕事(しごと)はきついです。 這份工作很費力。 ③このスカートは少(すこ)しきついです。 這條裙子有點緊。
くさい【臭い】2	臭的 ★★ 例 この豆腐(とうふ)はとても臭(くさ)いです。 這塊豆腐非常臭。
くやしい【悔しい・口惜しい】3	不甘心的 ★ 例 試験(しけん)に落(お)ちて、本当(ほんとう)に悔(くや)しいです。 沒考上真的很不甘心。
くるしい【苦しい】3	痛苦的 ★★ 例 今(いま)の生活(せいかつ)は苦(くる)しいです。 現在的生活很痛苦。
くわしい【詳しい・委しい・精しい】3	①詳細的②熟悉的，精通的 ★★ 例 ①詳(くわ)しく説明(せつめい)してください。 請詳細說明。 ②彼女(かのじょ)は英文法(えいぶんぽう)に詳(くわ)しいです。 她精通英文文法。

けわしい【険しい】 3

①險峻的②嚴厲的

例 ①この山(やま)は高(たか)くて険(けわ)しいです。
這座山既高又險峻。

②父(ちち)は弟(おとうと)を険(けわ)しい声(こえ)で叱(しか)った。
爸爸用嚴厲的聲音罵了弟弟。

こい【濃い】 1

①濃的②深的③（關係）緊密的 ★★

例 ①この紅茶(こうちゃ)は濃(こ)いです。
這杯紅茶很濃。

②濃(こ)い色(いろ)が好(す)きです。
喜歡深色。

③うちの家系(かけい)は織田家(おだけ)と血(ち)の繋(つな)がりが濃(こ)い。
我們的家譜跟織田家血緣關係緊密。

さ行

MP3-14

しおからい【塩辛い】 4

鹹的 ★

例 この塩漬(しおづ)けの魚(さかな)は塩辛(しおから)いです。
這條鹹魚很鹹。

しかくい【四角い】 3

方的；四方形的 ★

例 彼(かれ)は顔(かお)が四角(しかく)いです。
他是四方臉。

したしい【親しい】 3

親密的 ★★

例 彼女(かのじょ)は小(ち)さい頃(ころ)からの親(した)しい友達(ともだち)です。
她是（我）從小到大的閨密。

すっぱい【酸っぱい】 3

酸的 ★★

例 このキウイフルーツは酸(す)っぱいです。
這顆奇異果很酸。

な行

MP3-15

にくらしい【憎らしい】 4

①令人討厭的②令人嫉妒的

例 ①そんな憎(にく)らしいことを言(い)わないでください。
請不要說那麼令人討厭的事。

②彼女(かのじょ)は憎(にく)らしいほど美(うつく)しいです。
她美得令人嫉妒。

ぬるい【温い】 2

①微溫的②溫和的 ★

例 ①コーヒーが温(ぬる)くなった。
咖啡變溫了。

②そんな温(ぬる)いやり方(かた)では駄目(だめ)です。
採取那麼溫和的做事方式是不行的。

は行

MP3-16

はげしい【激しい・劇しい・烈しい】 3

①（性格）剛烈的②激烈的，厲害的 ★

例 ①彼(かれ)は気性(きしょう)が激(はげ)しいです。
他個性很剛烈。

②雨(あめ)が激(はげ)しく降(ふ)っています。
雨猛烈地下著。

ま行

MP3-17

まっしろい【真っ白い】 4

純白色的

例 真っ白い犬が飼いたい。

（我）想養純白色的狗。

まぶしい【眩しい】 3

①刺眼的②耀眼的，令人炫目的 ★

例 ①今日は日差しが眩しいです。

今天陽光很刺眼。

②彼女は眩しいほど美しいです。

她美得令人炫目。

むしあつい【蒸し暑い・蒸暑い】 4

悶熱的 ★★

例 台湾の夏は蒸し暑いです。

台灣的夏天很悶熱。

もったいない【勿体無い】 5

①可惜的，浪費的②不敢當的，過獎了 ★★★

例 ①使える物を捨てるのはもったいないです。

把能用的東西丟掉很可惜。

②それは私にはもったいない話です。

那對我來說真是過獎了。

や行

 MP3-18

ゆるい【緩い】 2

①緩慢的②鬆的③鬆懈的 ★

例 ①この川(かわ)の流(なが)れは緩(ゆる)いです。
這條河川流得很慢。

②このスカートは少(すこ)し緩(ゆる)いです。
這條裙子有點鬆。

③酔(よ)っ払(ぱら)い運転(うんてん)の取(と)り締(し)まりが緩(ゆる)いです。
酒駕的取締不嚴。

よい【良い・善い・好い】 1

①好的②可以的，妥當的 ★★★

例 ①王(おう)さんは良(よ)い学生(がくせい)ですね。
王同學真是好學生啊！

②午後(ごご)は来(こ)なくても良(よ)いです。
下午不來也可以。

メモ

3-3
形容動詞

新日檢 N3 當中，以「な」結尾的「形容動詞」占了 3.95%，字數超過 N5 與 N4「形容動詞」的總和，由於「形容動詞」本身常有類似「名詞」與「形容詞」的用法，甚至在其後加上「に」還可以當成「副詞」來使用，可以說是日語當中最具特色的詞性了。

形容動詞的活用

形容動詞的原形，字尾是「だ」，在字典上只標示「語幹」，如「好(す)きだ（喜歡）」只標示「好(す)き」。

其語尾變化，共可區分為五種型態：

（一）未然形：（推測肯定常體）例：好(す)きだろう。（喜歡吧！）
（推測肯定敬體）例：好(す)きでしょう。（喜歡吧！）

（二）連用形：①（否定常體）例：好(す)きではない。（不喜歡。）
（否定敬體）例：好(す)きではありません。（不喜歡。）
（過去否定常體）例：好(す)きではなかった。（不喜歡。）
（過去否定敬體）例：好(す)きではありませんでした。（不喜歡。）
②で（中止接續）例：好(す)きで（喜歡）
③（過去常體）例：好(す)きだった。（曾經喜歡。）
（過去敬體）例：好(す)きでした。（曾經喜歡。）
④に（副詞肯定常體）例：好(す)きになった。（喜歡上了。）
に（副詞肯定敬體）例：好(す)きになりました。（喜歡上了。）

（三）終止形：（肯定常體）例：好(す)きだ。（喜歡。）
（肯定敬體）例：好(す)きです。（喜歡。）

（四）連體形：去だ+な+人(ひと)（人）、こと（事）、とき（時）、ところ（地）、もの（物）或其他名詞。例：好(す)きな人(ひと)（喜歡的人）

（五）假定形：去だ+なら（ば）……。例：好(す)きなら（ば）……（如果喜歡的話……）

※形容動詞本身常常可以當成「名詞」來使用，如「安全(あんぜん)ベルト（安全帶）」、「普通列車(ふつうれっしゃ)（普通車）」……等。

あ行

MP3-19

あんがい【案外】 1 0

①出乎意料之外②出乎意料地（當副詞用） ★

例 ①彼(かれ)の成功(せいこう)は実(じつ)に案外(あんがい)だ。

他的成功真是出乎意料之外。

②あの映画(えいが)、案外(あんがい)よかったね。

那部電影出乎意料地好看啊！

（註：強調「那部電影比預期好看」的心情，原本並不知道好不好看。）

いがい【意外】 0 1

①出乎意料之外②出乎意料地（當副詞用） ★★

例 ①選挙結果(せんきょけっか)は意外(いがい)だった。

選舉結果出乎意料之外。

②あの映画(えいが)、意外(いがい)とよかったね。

那部電影出乎意料地好看呢！

（註：強調「原本以為那部電影不好看」的心情。）

いじわる【意地悪】 2 3

壞心眼，心術不正 ★

例 意地悪(いじわる)な人(ひと)が嫌(きら)いです。

討厭壞心眼的人。

インスタント【instant】 1 4

立即，即時 ★★

例 今朝(けさ)、インスタントラーメンを食(た)べた。

今天早上吃了泡麵。

おしゃれ【御洒落】 2

漂亮；時髦；愛漂亮的人 ★★

例 お洒落(しゃれ)だね。

真時髦啊！

か行

MP3-20

かのう【可能】 0

可能 ★★

例 この提案の実現は可能ですか。

這項提案有可能實現嗎？

かんぜん【完全】 0

完全；十全十美 ★★

例 見た目は完全に悪人ですが、実はいい人です。

雖然外觀看起來完全是個壞人，但是實際上卻是個好人。

きほんてき【基本的】 0

基本的 ★

例 一番基本的な問題は何ですか。

最基本的問題是什麼呢？

けち 1

吝嗇，小氣 ★★

例 あんなけちな男は嫌いです。

討厭那麼吝嗇的男生。

こくさいてき【国際的】 0

國際的；國際化的 ★

例 国際的な大学に入学したいです。

（我）想進國際化的大學。

こまか【細か】 2 3

仔細；細小；細緻；周到

例 細かな気遣いに感謝致します。

感謝您的體貼入微。

さ行

MP3-21

さまざま【様々・様様】 2

各式各樣，各種 ★★

例 台湾で様々な食べ物を食べた。

在台灣吃了各式各樣的食物。

じみ【地味】 2

①樸素②樸實 ★

例 ①彼女は地味なコートを着ています。

她穿著樸素的外套。

②地味な生活が好きです。

喜歡樸實的生活。

じゅうよう【重要】 0

重要 ★★

例 この手紙はとても重要です。

這封信非常重要。

しょうきょくてき【消極的】 0

消極的

例 消極的な人が好きではない。

不喜歡消極的人。

しょうじき【正直】 3 4

誠實；老實 ★

例 正直に言ってください。

請老老實實地說。

しんせん【新鮮】 0

新鮮 ★

例 田舎は空気が新鮮です。

鄉下空氣很新鮮。

せいかく
【正確】 0

正確，準確 ★

例 この腕時計の時間は正確ですか。
這支手錶的時間正確嗎？

せいけつ
【清潔】 0

清潔 ★

例 この部屋は清潔で広いです。
這房間既潔淨又寬敞。

せっきょくてき
【積極的】 0

積極的

例 積極的な人が好きです。
喜歡積極的人。

そっくり 3

相似，相像 ★★

例 私は母にそっくりだ。
我長得很像母親。

そぼく
【素朴・素僕】 0

樸素；單純

例 彼女は素朴な人です。
她是個單純的人。

た行

MP3-22

とうぜん
【当然】 0

當然 ★★★

例 こんなことをしたら、叱られるのは当然だ。
做這種事，被罵是當然的。

とく
【得】 0

划算 ★

例 バーゲンで買った方が得です。
拍賣時購買比較划算。

とくい
【得意】 2 0

得意，拿手 ★★

例 得意(とくい)な科目(かもく)は何(なん)ですか。
拿手的科目是什麼呢？

な行

MP3-23

ななめ
【斜め】 2

斜；歪 ★

例 写真(しゃしん)が斜(なな)めになっている。
照片歪了。

にがて
【苦手】 0 3

不擅長 ★★

例 私(わたし)は水泳(すいえい)が苦手(にがて)です。
我不擅長游泳。

は行

MP3-24

ばか
【馬鹿・莫迦】 1

愚蠢 ★★

例 馬鹿(ばか)なことをしてしまった。
做了愚蠢的事。

はで
【派手】 2

華麗；鮮豔 ★★

例 彼女(かのじょ)には派手(はで)な洋服(ようふく)が似合(にあ)います。
她適合華麗的衣服。

ハンサム
【handsome】 1

帥，英俊 ★★

例 彼女(かのじょ)はハンサムな男(おとこ)が好(す)きです。
她喜歡帥哥。

ふあん
【不安】 0

不安 ★★

例 不安な気持ちで試験を受けた。
抱著不安的心情參加了考試。

ふかのう
【不可能】 2

不可能

例 この提案の実現は不可能です。
這項提案是不可能實現的。

ふしぎ
【不思議】 0

不可思議，難以想像 ★★

例 不思議な出来事が起こった。
發生了不可思議的事件。

ふじゆう
【不自由】 1

不自由；不方便

例 彼女は耳が不自由です。
她是聽障者。

ふしんせつ
【不親切】 2

不親切，不熱情

例 あのウェイターはお客さんに不親切です。
那位服務生對顧客不親切。

ふそく
【不足】 0

不足 ★

例 最近、睡眠不足で疲れが取れない。
最近因為睡眠不足，以致疲勞無法消除。

ふちゅうい
【不注意】 2

不注意，粗心

例 不注意で電車を乗り間違えた。
因為粗心所以搭錯電車了。

ふまん
【不満】 0

不滿 ★

例 私はこんな言い方には不満です。
我對這種説法很不滿。

へいき【平気】 0

毫不在乎，無動於衷，若無其事 ★★

例 彼（かれ）は私（わたし）を平気（へいき）で傷（きず）つけた。

他毫不在乎地傷害了我。

べつべつ【別々・別別】 0 2

各別，各自，分開 ★★

例 別々（べつべつ）に包（つつ）んでください。

請各別包裝。

ぼろぼろ 0

破破爛爛 ★

例 あの男（おとこ）の子（こ）はぼろぼろな靴下（くつした）を履（は）いている。

那個男孩穿著破破爛爛的襪子。

ま行

MP3-25

まあまあ 3 1

大致；還算；尚可 ★

例 そのドラマはまあまあだ。

那部電視劇還算可以。

まし 0

好些；勝過 ★

例 食（た）べないより食（た）べた方（ほう）がましだ。

吃勝過不吃。

まっか【真っ赤】 3

鮮紅；通紅

例 恥（は）ずかし過（す）ぎて、彼女（かのじょ）は顔（かお）が真（ま）っ赤（か）になった。

她的臉因過於害羞而變得通紅了。

まっくら【真っ暗】 3

漆黑

例 教室（きょうしつ）の中（なか）は真（ま）っ暗（くら）だ。

教室裡一片漆黑。

まっくろ
【真っ黒】 3

烏黑；黝黑

例 ケーキが焦(こ)げて真(ま)っ黒(くろ)になった。
蛋糕因烤焦而變得焦黑了。

まっさお
【真っ青】 3

①湛藍②蒼白

例 ①空(そら)は真(ま)っ青(さお)です。
天空一片湛藍。

②そのニュースを聞(き)いて、彼女(かのじょ)は真(ま)っ青(さお)になった。
一聽到那則消息，她臉色變得蒼白了。

まっしろ
【真っ白】 3

雪白

例 あの犬(いぬ)は全身(ぜんしん)が真(ま)っ白(しろ)な毛(け)で覆(おお)われている。
那隻狗被一身雪白的毛給覆蓋著。

むだ
【無駄・徒】 0

①白搭，枉然②浪費，糟蹋 ★★

例 ①あの子(こ)には何(なに)を言(い)っても無駄(むだ)だ。
跟那個孩子說什麼都是白搭。

②ドラマを見(み)て、無駄(むだ)な時間(じかん)を過(す)ごしてしまった。
淨看電視劇，白白浪費了時間。

むちゅう
【夢中】 0

熱中，著迷 ★★

例 彼(かれ)は野球(やきゅう)に夢中(むちゅう)になっている。
他對棒球著迷。

めんどう【面倒】 3

①麻煩，費事②照顧，照料（當名詞用） ★★

例 ①ケーキを作(つく)るのが面倒(めんどう)なので、店(みせ)で買(か)おう。
由於做蛋糕很麻煩，所以在店裡買吧！

②家(うち)で両親(りょうしん)の面倒(めんどう)を見(み)る。
在家照顧父母。

や行

MP3-26

ゆうしゅう【優秀】 0

優秀

例 彼女(かのじょ)はとても優秀(ゆうしゅう)な医者(いしゃ)です。
她是名非常優秀的醫生。

ゆうり【有利】 1

有利

例 彼(かれ)らは有利(ゆうり)な立場(たちば)に立(た)っている。
他們處於有利的立場。

ゆかい【愉快】 1

愉快

例 それは愉快(ゆかい)な話(はなし)だ。
那真是愉快的談話。

ゆたか【豊か】 1

豐富；富裕 ★

例 彼(かれ)らは豊(ゆた)かな生活(せいかつ)を送(おく)っている。
他們過著富裕的生活。

ら行

MP3-27

らく【楽】 2

輕鬆；安逸 ★★

例 彼(かれ)らは楽(らく)な生活(せいかつ)をしている。

他們過著輕鬆的生活。

わ行

MP3-28

わがまま【我が儘】 3 4

任性；放肆 ★

例 彼氏(かれし)が我(わ)が儘(まま)で疲(つか)れた。

因為男朋友很任性，所以累了。

わずか【僅か】 1

僅僅；一點點 ★

例 家(うち)から駅(えき)までは、歩(ある)いて僅(わず)かです。

從家裡到車站，走路一下下而已。

3-4
動詞・補助動詞

新日檢 N3 當中，「動詞・補助動詞」的部分，占了 29.25%。各種類型的動詞交相穿插，包含長相類似的「自他動詞」，如「預かる與預ける」、「流す與流れる」、「深まる與深める」……等；以及「同音異義」的動詞，如「暖まる與温まる」、「勧める與薦める」、「上る與昇る」……等；此外，「サ行變革動詞」出現的頻率甚高，如「影響する」、「我慢する」、「郵送する」……等，均為 N3 動詞的學習重點。

學習小專欄

本系列書的動詞分類

◆ 本書在動詞的分類上，首先區分為兩大類：

1. 不需要目的語（受格）的「自動詞」，標示為「自」。

2. 需要目的語（受格）的「他動詞」，標示為「他」。

「自他動詞」的標記，主要是依據「**標準国語辞典**（日本「旺文社」出版）」來標示，並參考「**例解新国語辞典**（日本「三省堂」出版）」中的例句來調整。

◆ 其次，再依據動詞的活用（語尾的變化），以「字典形」來分類，標示各類詞性：

1. 「五段動詞」，標示為「五」，包含三類：

①字尾不是「る」者，都是「五段動詞」，例如：「行(い)く」、「指(さ)す」、「手伝(てつだ)う」……等。

②字尾是「る」，但「る」的前一個字是ア、ウ、オ行音者，也是「五段動詞」，例如：「終(お)わる」、「被(かぶ)る」、「直(なお)る」……等。

③除了①②的規則之外，有一些「外型神似上下一段動詞」，但實際卻是「五段動詞」的單字，例如：「帰(かえ)る」、「限(かぎ)る」、「切(き)る」、「知(し)る」、「滑(すべ)る」……等，本書特別標示為「特殊的五段動詞」，提醒讀者注意。

2. 「上一段動詞」，標示為「上一」，字尾是「る」，但「る」的前一個字是イ行音者。

3. 「下一段動詞」，標示為「下一」，字尾是「る」，但「る」的前一個字是エ行音者。

4. 「サ行變格動詞（名詞＋する）」，標示為「名・サ」

①狹義上只有「する」。

②廣義上則是由「帶有動作含義的名詞＋する」所組成，例如「電話(でんわ)」這個單字，既含有「電話」的名詞詞性，又帶有「打電話」的動作含義，所以在其後加上「する」，就可以當成動詞來使用。像這類同時具有「名詞」與「動詞」雙重身分的單字，在日語中占了相當大的分量，是讀者必須特別花心思學習的地方。

5. 「カ行變格動詞」，標示為「カ」，只有一個，就是「来(く)る」。

あ行

MP3-29

あア

あい (する)【愛】 名・他サ 1

愛；喜愛；戀愛 ★

例 彼女(かのじょ)を愛(あい)している。

愛著她。

あいず (する)【合図】 名・自サ 1

信號；暗號

例 二人(ふたり)は目(め)と目(め)で合図(あいず)した。

兩個人用眼睛打了暗號。

あきる【飽きる・厭きる】 自上一 2

飽足；厭倦 ★★

例 寿司(すし)は何度(なんど)食(た)べても飽(あ)きることがない。

壽司百吃不厭。

あくしゅ (する)【握手】 名・自サ 1

握手；和解；合作 ★

例 好(す)きな歌手(かしゅ)と握手(あくしゅ)したことがあります。

曾跟喜歡的歌手握過手。

あける【空ける】 他下一 0

騰出；空出（時間或空間） ★

例 前後(ぜんご)を二行(にぎょう)ずつ空(あ)けてください。

前後請各空兩行。

あける【明ける】 自下一 0

天亮；過年；結束；到期 ★

例 年(とし)が明(あ)けて、数(かぞ)え年(どし)で五十(ごじゅう)になった。

過了年，虛歲就五十歲了。

あげる【揚げる】 他下一 0

油炸；舉起 ★

例 母(はは)は肉団子(にくだんご)を揚(あ)げています。
母親正在炸肉丸子。

あずかる【預かる】 他五 3

收存；保管 ★★

例 一万円(いちまんえん)をお預(あず)かりします。
收您一萬日圓。

あずける【預ける】 他下一 3

寄存，寄放 ★★

例 荷物(にもつ)は受付(うけつけ)に預(あず)けてください。
行李請寄放在櫃台。

あたえる【与える】 他下一 0

給予；提供；分配；使其蒙受～ ★

例 教師(きょうし)が学生(がくせい)に与(あた)える影響(えいきょう)は大(おお)きい。
老師給學生的影響很大。

あたたまる【暖まる】 自五 4

暖和；取暖；手頭寬裕 ★

例 室内(しつない)が暖(あたた)まった。
室內暖和了。

あたたまる【温まる】 自五 4

暖和；心裡感到溫暖 ★

例 いい話(はなし)を聞(き)いて、心(こころ)が温(あたた)まった。
聽到好事，心裡感到了溫暖。

あたためる【暖める】 他下一 4

使其溫暖 ★

例 室内(しつない)を暖(あたた)めた。
讓室內變溫暖了。

あたためる【温める】 他下一 4

加熱 ★★

例 弁当(べんとう)を温(あたた)めて食(た)べなさい。
把便當加熱後再吃。

あたる【当たる・当る・中る】 自他五 0

照射；取暖；擔任；打聽；腐壞；抵抗；猜中；中毒；適用；接觸；碰撞；遭受；成功；位於；適逢；博得好評（他動詞）；報應（自動詞） ★★★

例 私(わたし)の家(いえ)の隣(となり)にデパートが建(た)って、日(ひ)が当(あ)たらなくなった。
我家旁邊蓋起了百貨公司，陽光照不進來了。

アップ(する)【up】 名・自他サ 1

提高；上漲；上傳；拍完 ★★

例 頑張(がんば)って勉強(べんきょう)したら、成績(せいせき)がアップした。
努力念書，結果成績提升了。

あてる【当てる・中てる】 他下一 0

曬；烤；吹；淋；碰撞；接觸；貼近；撥給；抽籤；適用；指名；猜中；成功 ★★

例 誰(だれ)が来(き)たか当(あ)ててみて。
猜猜看誰來了呢？

アナウンス(する)【announce】 名・他サ 3

廣播，播送 ★★

例 電車(でんしゃ)の到着(とうちゃく)がアナウンスされた。
廣播了電車到站。

あまる【余る・剰る】 自五 2

剩餘；超過 ★

例 余(あま)ったお金(かね)を彼女(かのじょ)にあげた。
將剩餘的錢給了她。

あらそう【争う】 他五 3

爭奪；爭論，爭辯

例 何故(なぜ)そんなつまらないことで争(あらそ)うのか。
為什麼要為那麼無聊的事爭辯呢？

あらわす
【表す・表わす】
他五 3

表示；表現；意味著～ ★★

例 感謝(かんしゃ)の気持(きも)ちを表(あらわ)したいと思(おも)います。
（我）想表達感謝的心情。

あらわす
【現す・現わす】
他五 3

出現；顯現 ★

例 彼(かれ)はようやく姿(すがた)を現(あらわ)しました。
他終於出現了。

あらわれる
【表れる】
自下一 4

表現；露出

例 彼女(かのじょ)は何(なに)も言(い)わなかったが、喜(よろこ)びが顔(かお)に表(あらわ)れていた。
她雖然什麼都沒說，但臉上卻露出了喜悅的表情。

あらわれる
【現れる】
自下一 4

出現；顯現 ★

例 彼(かれ)が突然(とつぜん)現(あらわ)れたので、我々(われわれ)はみんな驚(おどろ)いた。
因為他突然出現了，所以我們都很驚訝。

あわせる
【合わせる・合せる・併せる】
他下一 3

合併；聯手；配合；核對；介紹 ★★

例 みんなで心(こころ)を合(あ)わせて頑張(がんば)りましょう。
大家同心齊努力吧！

あわてる
【慌てる】
自下一 0

驚慌；慌張；急急忙忙

例 慌(あわ)てて出掛(でか)けたので、ファイルを保存(ほぞん)し忘(わす)れた。
因為急著出門，所以忘記儲存檔案了。

いイ

いためる【痛める・傷める】 他下一 3

弄痛；弄壞；損壞；傷害 ★★

例 引っ越しで、ソファーを傷めた。

因為搬家，所以弄壞了沙發。

いらいら（する） 副・自サ 1

著急；焦躁 ★

例 娘がまだ帰らないから、いらいらして落ち着かない。

因為女兒還沒回家，所以焦躁不安。

いわう【祝う】 他五 2

慶祝，祝賀 ★★

例 母のために、誕生日を祝う食事を計画した。

為母親安排了慶生聚餐。

インタビュー（する）【interview】 名・自サ 1 3

拜見；訪問；採訪 ★★

例 受賞者は記者にインタビューされました。

得獎者被記者採訪了。

うウ

うごかす【動かす】 他五 3

移動；搖動；打動；開動 ★

例 あの映画に心を動かされた。

被那部電影打動了心。

うつす
【移す・遷す】 他五 2

搬家；遷居；度過；傳染 ★

例 学校で風邪を移されました。
在學校被傳染了感冒。

うつる
【写る】 自五 2

映照；照相 ★★

例 この写真の私は綺麗に写っている。
這張照片的我拍得很漂亮。

うまる
【埋まる】 自五 0

掩埋；填補；佔滿

例 今晩は空席が埋まった。
今晚空位都滿了。

うむ
【生む】 他五 0

產生；造就 ★★

例 彼女は台湾が生んだ最も優れた歌手です。
她是台灣所孕育最優秀的歌手。

うむ
【産む】 他五 0

生產 ★

例 私は男の子を産んだ。
我生了男孩。

うめる
【埋める】 他下一 0

掩埋；填補；佔滿 ★

例 掘った穴を埋めた。
將挖好的洞填滿了。

うれる
【売れる】 自下一 0

暢銷；有名 ★★

例 このパンはよく売れています。
這種麵包非常暢銷。

えエ

えいきょう(する)
【影響】
名・自サ 0

影響 ★★

例 その事件は日本の経済に大きく影響した。
那件事大大地影響了日本的經濟。

えがく
【描く・画く】
他五 2

畫；描寫；描繪 ★

例 この小説は江戸時代の人々の生活を描きました。
這本小說描寫了江戶時代人們的生活。

える
【得る】
他下一 1

得到；領會 ★

例 やっと両親の許可を得て、彼と結婚した。
終於得到父母的首肯，跟他結婚了。

えんそう(する)
【演奏】
名・他サ 0

演奏

例 今、演奏しているのは悲しい曲です。
現在，演奏的是一首悲傷的曲目。

おオ

おいこす
【追い越す・追越す】
他五 3

超過，超越

例 弟の背がもう兄を追い越した。
弟弟的身高已經超越了哥哥。

おうえん(する)
【応援】
名・他サ 0

聲援；支援；支持；援助 ★★

例 私(わたし)はいつでもあなたを応援(おうえん)します。
我隨時都會支持你。

おうふく(する)
【往復】
名・自サ 0

往返，往來，來回 ★★

例 彼(かれ)は最近(さいきん)、頻繁(ひんぱん)に台湾(たいわん)と日本(にほん)を往復(おうふく)している。
他最近頻繁地往來於台灣跟日本。
（註：此句的助詞雖然用「を」，但「往復(おうふく)する」並不是「他動詞」，並非動作直接作用的對象。）

オープン(する)
【open】
名・他サ 1

開幕；公開；露天 ★★

例 新(あたら)しいデパートは来月(らいげつ)オープンする予定(よてい)です。
新的百貨公司預定下個月開幕。

おくる
【贈る】 他五 0

贈送；授予 ★★

例 彼女(かのじょ)にクリスマスプレゼントを贈(おく)った。
送了她聖誕禮物。

おこる
【起こる・起る】
自五 2

發生；發作 ★★

例 昨晩(さくばん)、地震(じしん)が起(お)こった。
昨晚，發生了地震。

おごる
【奢る】
自他五 0

奢侈（自動詞）；請客，作東（他動詞） ★★

例 今日(きょう)は私(わたし)が奢(おご)ります。
今天我作東。

おさえる【押さえる・押える・抑える】 他下一 2 3

按壓；遏止；壓制；扣留 ★

例 手でこの紙を押さえてください。
請用手壓住這張紙。

あさめる【納める】 他下一 3

繳納；收藏

例 手紙を木箱に納めた。
將信件收藏在木箱裡了。

おそわる【教わる】 他五 0

受教；跟～學習 ★

例 窪津先生に日本語を教わっている。
正跟著窪津老師學日語。

おめにかかる【御目に掛かる】 自五 5

見面；拜會，拜見（「会う」的謙讓語）

例 向井社長にお目に掛かったことがあります。
拜見過向井社長。

おもいえがく【思い描く】 他五 5 0

想像；在心中描繪

例 イギリスの留学生活を思い描いています。
在心中描繪著英國的留學生生活。

おもいつく【思い付く】 他五 4 0

想出；想起 ★★

例 いいアイディアを思い付いたら、教えてください。
如果想出好點子，請告訴我。

おもいやる【思い遣る】

他五 4 0

遙念；預料；關心；體貼 ★

例 友達(ともだち)は、お互(たが)いに思(おも)いやることが大切(たいせつ)だと思(おも)う。

（我）認為朋友間相互體貼很重要。

おろす【下ろす・降ろす】

他五 2

放下；取下；卸下；砍下；退位；切開 ★

例 鯵(あじ)を三枚(さんまい)に下(お)ろした。

將竹筴魚切成了三片。

か行

MP3-30

かカ

かいけつ(する)
【解決】
名・自他サ 0

解決；處理 ★★

例 事件(じけん)は円満(えんまん)に解決(かいけつ)した方(ほう)がいいと思(おも)う。
（我）覺得事情能夠圓滿解決最好。

かいしゃく(する)
【解釈】
名・他サ 1

解釋

例 どのように解釈(かいしゃく)したらいいのか分(わ)かりません。
不知道該如何解釋才好。

かう
【飼う】 他五 1

飼養 ★★

例 うちでは柴犬(しばいぬ)を飼(か)っている。
我家裡有養柴犬。

かえる
【代える・換える・替える】
他下一 0

替換；代替；代理 ★★

例 気分(きぶん)を換(か)えて、パーティーに参加(さんか)しよう。
轉換個心情去參加派對吧！

かえる
【返る】 自五 1

歸還；復原（特殊的五段動詞） ★★

例 彼(かれ)に貸(か)した十万円(じゅうまんえん)がなかなか返(かえ)ってこない。
借給他的十萬日圓，遲遲未能拿回來。

かかる
【罹る】 自五 2

罹患；罹難

例 息子(むすこ)は病気(びょうき)に罹(かか)りやすいです。
兒子容易生病。

かきとる【書き取る・書取る】 他五 3 0

記錄；抄錄；聽寫 ★

例 先生(せんせい)の言(い)ったことを書(か)き取(と)っている。
正在記錄老師口述的內容。

かく【搔く】 他五 1

搔；爬；劃；撥；砍；削；切 ★★

例 蚊(か)に刺(さ)されても、強(つよ)く搔(か)いてはいけません。
就算被蚊子咬，也不可以用力抓。

かぐ【嗅ぐ】 他五 0

嗅，聞

例 犬(いぬ)が匂(にお)いを嗅(か)ぎながら散歩(さんぽ)している。
狗正一邊聞味道一邊散步。

かくす【隠す】 他五 2

隱藏；隱瞞 ★★

例 鍵(かぎ)を引(ひ)き出(だ)しの奥(おく)に隠(かく)した。
把鑰匙藏在抽屜的最裡面了。

かくにん(する)【確認】 名・他サ 0

確認；證實 ★★

例 出掛(でか)ける前(まえ)に、電気(でんき)を消(け)したかどうかを確認(かくにん)しなければならない。
外出前，必須確認是否關掉電燈。

かくれる【隠れる】 自下一 3

躲藏；隱藏；隱遁 ★

例 日当(ひあ)たりが強(つよ)いから、木(き)の陰(かげ)に隠(かく)れた。
因為日照很強，所以躲在樹蔭底下了。

かこむ【囲む】 他五 0

圍著；包圍；圍攻 ★

例 あの歌手(かしゅ)は大勢(おおぜい)のファンに囲(かこ)まれた。
那位歌手被許多粉絲包圍了。

かさねる【重ねる】 他下一 0

重疊；重複；反覆 ★

例 机の上に雑誌をたくさん重ねてある。
桌上堆了一大疊雜誌。

かぞえる【数える・算える】 他下一 3

數；計算；列舉 ★★

例 一から百まで数えてください。
請從一數到一百。

かたづく【片付く】 自五 3

收拾；整頓；處理好 ★★

例 部屋はすっかり片付いた。
房間完全收拾好了。

かつやく(する)【活躍】 名・自サ 0

活躍 ★

例 彼女は今、教育界で活躍しています。
她目前活躍於教育界。

かなしむ【悲しむ・哀しむ】 他五 3

哀悼；感到悲傷 ★★

例 私達の別れを悲しんでいる。
為我們的離別感到悲傷。

がまん(する)【我慢】 名・他サ 1

忍耐，忍受；克制；原諒 ★★

例 私が我慢できないのは彼の失礼な態度だ。
我無法忍受的是他無禮的態度。

かわかす【乾かす】 他五 3

曬乾；晾乾；烘乾；烤乾 ★

例 乾燥機で洗濯物を乾かした。
用烘乾機將洗好的衣服烘乾了。

かわく【渇く】 自五 2

乾渴；渴望 ★★

例 喉(のど)が渇(かわ)いたから、水(みず)を飲(の)みたいです。

（我）因為口渴了，所以想喝水。

かわる【代わる・代る・換わる・換る・替わる・替る】 自五 0

替換；代替；代理 ★★

例 機内(きない)の席(せき)がＡ(エー)からＢ(ビー)に換(か)わった。

飛機上的座位從 A 換成了 B。

かんこう（する）【観光】 名・他サ 0

觀光；遊覽 ★★

例 冬休(ふゆやす)みにイギリスを観光(かんこう)した。

寒假遊覽了英國。

かんしゃ（する）【感謝】 名・他サ 1

感謝 ★★

例 心(こころ)から感謝致(かんしゃいた)します。

由衷地感謝。

かんじる【感じる】 自他上一 0

感覺；感動 ★★

例 そのニュースを聞(き)いて、とても悲(かな)しく感(かん)じた。

聽到那則消息，感到非常傷心。

かんしん（する）【感心】 名・自サ 0

佩服；贊同 ★

例 彼(かれ)の素晴(すば)らしい技術(ぎじゅつ)に感心(かんしん)している。

佩服他精湛的技術。

かんせい（する）【完成】 名・自他サ 0

完成；完工 ★★

例 新(あたら)しいビルは今月完成(こんげつかんせい)する予定(よてい)です。

新的大樓預定這個月會完工。

かんどう（する）
【感動】
名・自サ 0

感動 ★

例 彼の文章に私は大変感動した。
他的文章大大地感動了我。

かんぱい（する）
【乾杯】
名・自サ 0

乾杯 ★

例 みんなで一緒に乾杯しましょう！
大家一起乾杯吧！

きキ

きがえる
【着替える】
他下一 3

換衣服 ★★

例 姉は普段着に着替えて出掛けた。
姊姊換上家居服外出了。

きく
【効く・利く】
自五 0

有效；起作用；奏效 ★★

例 この薬はよく効きます。
這種藥很有效。

きこく（する）
【帰国】
名・自サ 0

回國；回到家鄉 ★

例 冬休みに帰国しようと思います。
（我）打算寒假回國。

きせい（する）
【帰省】
名・自サ 0

回家；探親 ★

例 夏休みに帰省しますか。
暑假回家探親嗎？

きたく（する）
【帰宅】
名・自サ 0

回家 ★

例 昨日残業で、夜遅く帰宅した。
昨天因為加班，所以很晚才回家。

きぼう (する)【希望】 名・他サ 0

希望 ★

例 大学進学(だいがくしんがく)を希望(きぼう)しています。

（我）希望能讀大學。

きゅうけい (する)【休憩】 名・自サ 0

休息 ★★

例 私(わたし)は午後(ごご)に三十分休憩(さんじゅっぷんきゅうけい)した。

我下午休息了半小時。

きゅうこう (する)【休校】 名・自サ 0

（學校）停課

例 明日(あした)は中秋節(ちゅうしゅうせつ)で、全(すべ)ての学校(がっこう)は休校(きゅうこう)します。

因為明天是中秋節，所以所有的學校都停課。

きょうちょう (する)【強調】 名・他サ 0

強調 ★★

例 先生(せんせい)は、復習(ふくしゅう)の大切(たいせつ)さを特(とく)に強調(きょうちょう)していた。

老師特別強調了複習的重要性。

きょうりょく (する)【協力】 名・自サ 0

合作；協助；共同努力 ★

例 色々(いろいろ)と協力(きょうりょく)してくれてありがとう。

感謝多方協助。

きらす【切らす】 他五 2

用完；賣完 ★

例 ただいま在庫(ざいこ)を切(き)らしております。

現在沒有庫存。

きれる【切れる】 自下一 2

用完；賣完；斷絕；磨破 ★★

例 砂糖(さとう)が切(き)れている。

糖用完了。

きんえん (する)【禁煙・禁烟】 名・自サ 0

禁菸；戒菸 ★

例 禁煙(きんえん)するためのコツを教(おし)えてください。

請告訴我戒菸的訣竅。

きんし（する）
【禁止】
名・他サ 0

禁止 ★★

例 学生寮（がくせいりょう）では、九時以後（くじいご）の外出（がいしゅつ）を禁止（きんし）しています。
學生宿舍九點之後禁止外出。

きんちょう（する）
【緊張】
名・自サ 0

緊張 ★★★

例 今日（きょう）は緊張（きんちょう）したが、充実（じゅうじつ）した一日（いちにち）を過（す）ごした。
今天度過了緊張卻充實的一天。

くク

くさる
【腐る】 自五 2

腐臭；腐爛；腐敗；墮落 ★

例 この料理（りょうり）は腐（くさ）っている。
這道菜臭掉了。

くだる
【下る・降る】
自五 0

下去；下降；投降；拉肚子 ★

例 胃腸炎（いちょうえん）でお腹（なか）が下（くだ）る。
因為腸胃炎，所以拉肚子。

くばる
【配る】 他五 2

分配；分送；部署 ★★

例 林（りん）さんの仕事（しごと）は新聞（しんぶん）を配（くば）ることです。
林先生的工作是送報。

くふう（する）
【工夫】
名・他サ 0

竅門；設法；下功夫 ★★

例 問題（もんだい）を解決（かいけつ）するために工夫（くふう）している。
正設法解決問題。

くみたてる【組み立てる・組立てる】 他下一 4 0

組織；裝配 ★

例 本棚を組み立てています。

正在組書櫃。

ぐらぐら（する） 副・自サ 1

①暈；猶豫②搖晃貌（當副詞用） ★

例 ①頭がぐらぐらしている。

頭在暈。

②地震で建物がぐらぐら揺れている。

建築物因地震正搖晃著。

くらす【暮らす・暮す】 自他五 0

生活；謀生；消磨時間 ★★

例 両親は田舎で暮らしている。

父母親在鄉下過生活。

くりかえす【繰り返す・繰返す】 他五 3 0

①重複；反覆②重複；反覆（當副詞用） ★★

例 ①同じ間違いを繰り返すな。

不要重複同樣的錯誤。

②この点については、もう繰り返し説明しました。

關於這一點，已經反覆說明過了。

けケ

けいえい（する）【経営】 名・他サ 0

經營 ★

例 店をうまく経営している。

店經營得很順利。

けいさん（する）
【計算】
名・他サ 0

計算 ★

例 電卓（でんたく）で計算（けいさん）するのは便利（べんり）です。
用電子計算機計算很方便。

けいゆ（する）
【経由】
名・自サ 0 1

經過；透過 ★

例 香港（ほんこん）を経由（けいゆ）して中国大陸（ちゅうごくたいりく）へ向（む）かいます。
經過香港往大陸去。
（註：此句的助詞雖然用「を」，但「経由（けいゆ）する」並不是「他動詞」，並非動作直接作用的對象。）

けしょう（する）
【化粧】
名・自他サ 2

化妝 ★★

例 娘（むすめ）は今朝（けさ）化粧（けしょう）して出掛（でか）けた。
女兒今天早上化了妝出門了。

けずる
【削る】 他五 0

削；刮；刨；刪除；縮減 ★

例 母（はは）は鉛筆（えんぴつ）を削（けず）ってくれた。
媽媽幫我削鉛筆了。

けっせき（する）
【欠席】
名・自サ 0

缺席 ★★

例 彼（かれ）は高校三年間一日（こうこうさんねんかんいちにち）も欠席（けっせき）することはなかった。
他高中三年沒有一天缺席過。

ける
【蹴る】 他五 1

踢；拒絕；駁回（特殊的五段動詞） ★

例 彼（かれ）はいつも左足（ひだりあし）でボールを蹴（け）る。
他總是用左腳踢球。

けんがく（する）
【見学】
名・他サ 0

見習；考察；參觀 ★★

例 日本（にほん）のお寺（てら）と神社（じんじゃ）を見学（けんがく）した。
參觀了日本的寺廟與神社。

けんさ (する)
【検査】
名・他サ 1

検査 ★★

例 眼科で目を検査している。
正在眼科檢查眼睛。

こコ

こうかい (する)
【後悔】
名・自他サ 1

後悔 ★★

例 今更後悔しても間に合わない。
事到如今才後悔也來不及了。

ごうかく (する)
【合格】
名・自サ 0

合格；及格 ★★

例 入学試験に合格しました。
通過入學考了。

こうかん (する)
【交換】
名・他サ 0

交換，互換；會車 ★★

例 クリスマスイブにみんなでプレゼントを交換します。
聖誕夜大家交換禮物。

こうこく (する)
【広告】
名・他サ 0

打廣告

例 新聞で新製品を広告した。
利用報紙為新產品打廣告。

こうふん (する)
【興奮】
名・自サ 0

興奮 ★

例 興奮して、叫んだ。
因為興奮，所以叫了出來。

こえる【越える・超える】
自下一 0

越過；超過；度過 ★★

例 今日は気温が三十度を超えた。
（きょう　きおん　さんじゅうど　こ）

今天的氣溫超過了三十度。

（註：此句的助詞雖然用「を」，但「超える」並不是「他動詞」，並非動作直接作用的對象。）

こおる（する）【凍る・氷る】
自五 0

凍結；結冰 ★

例 寒過ぎて、川が凍った。
（さむす　かわ　こお）

因為太冷，所以河川結冰了。

ごかい（する）【誤解】
名・他サ 0

誤會 ★★

例 彼女は僕の気持ちを誤解している。
（かのじょ　ぼく　きも　ごかい）

她誤會了我的心意。

ことわる【断る・断わる】
他五 3

謝絕，拒絕 ★★

例 彼女は寄付を断りました。
（かのじょ　きふ　ことわ）

她拒絕了捐款。

こぼす【零す・溢す】
他五 2

灑落；溢出；抱怨 ★

例 彼は台湾の物価は高過ぎると溢した。
（かれ　たいわん　ぶっか　たかす　こぼ）

他抱怨台灣的物價太高了。

こぼれる【零れる・溢れる】
自下一 3

灑落；溢出；洋溢

例 水が溢れて零れた。
（みず　あふ　こぼ）

水滿溢出來了。

ころす【殺す】
他五 0

殺死；致死；抑制；埋沒；消除；封殺 ★

例 生き物を殺さないでください。
（い　もの　ころ）

請不要殺生。

こんざつ(する)
【混雜】
名・自サ 1

混亂；擁擠 ★

例 今朝（けさ）は、電車（でんしゃ）が随分（ずいぶん）混雑（こんざつ）していた。
今天早上，電車相當擁擠。

さ行

MP3-31

さサ

ざいがく(する)【在学】 名・自サ 0

上學，就學 ★

例 娘(むすめ)は東呉(とうご)大学(だいがく)に在学(ざいがく)している。

女兒正在東吳大學就讀。

さくじょ(する)【削除】 名・他サ 1

刪除 ★

例 今(いま)、フェイスブックの友達(ともだち)を二人(ふたり)削除(さくじょ)しました。

剛剛刪除了兩位臉書好友。

さけぶ【叫ぶ】 自五 2

呼叫；呼籲

例 何故(なぜ)そんな大声(おおごえ)で叫(さけ)んだのですか。

為什麼叫得那麼大聲呢？

さける【避ける】 他下一 2

躲避；迴避；避免；忌諱 ★★

例 そんな失礼(しつれい)な言(い)い方(かた)は避(さ)けた方(ほう)がいいと思(おも)う。

（我）認為迴避那種不禮貌的說法比較好。

ささる【刺さる】 自五 2

扎進；刺入 ★

例 足(あし)に茶碗(ちゃわん)の破片(はへん)が刺(さ)さってしまった。

腳被碗的碎片給刺傷了。

さす【刺す】 他五 1

扎；刺；螫；叮咬；捕捉；縫；行刺；（棒球）出局 ★

例 何故(なぜ)か蚊(か)に刺(さ)されると痒(かゆ)くなるのか。

為什麼一被蚊子叮就會癢呢？

さす【指す】 他五 1

指示；指向；指名；下棋 ★★

例 日本(にほん)の将棋(しょうぎ)を指(さ)したことがありますか。
下過日本的將棋嗎？

さそう【誘う】 他五 0

邀約；勸誘；引起；引誘 ★★

例 姉(あね)に買(か)い物(もの)に誘(さそ)われた。
被姊姊邀去買東西了。

さます【冷ます】 他五 2

放涼；冷卻；散熱；退燒；降低（興趣、情感等） ★★

例 お茶(ちゃ)は熱(あつ)いので、冷(さ)ましてから飲(の)んでください。
由於茶很燙，所以請放涼後再喝。

さます【覚ます・醒ます】 他五 2

弄醒；叫醒；提醒；醒悟 ★

例 地震(じしん)で目(め)を覚(さ)ました。
因地震醒了。

さめる【冷める】 自下一 2

變冷；（興趣、情感等）降低 ★★

例 ラーメンが冷(さ)めてしまって美味(おい)しくない。
拉麵涼掉了不好吃。

さめる【覚める・醒める】 自下一 2

醒；醒悟 ★★

例 今朝(けさ)は六時(ろくじ)に目(め)が覚(さ)めた。
今天早上六點醒來了。

さんか（する）【参加】 名・自サ 0

參加，加入 ★★

例 娘(むすめ)は昨日(きのう)ボランティア活動(かつどう)に参加(さんか)した。
女兒昨天參加了志工活動。

ざんぎょう（する）【残業】 名・自サ 0

加班 ★★

例 来月から、毎晩二時間残業します。
從下個月開始，每天晚上要加班兩個小時。

さんせい（する）【賛成】 名・自サ 0

贊成，同意 ★

例 私は郭さんの意見に賛成する。
我贊成郭小姐的意見。

しシ

しく【敷く・布く】 他五 0

鋪上；鋪設；頒佈；壓制 ★★

例 床に絨毯を敷いた。
地板上鋪了地毯。

ししゃごにゅう（する）【四捨五入】 名・他サ 1

四捨五入

例 小数点第二位以下は四捨五入してください。
請將小數點第二位以下四捨五入。

じしゅう（する）【自習】 名・自他サ 0

自習 ★

例 家で日本語を自習します。
在家自習日語。

しつぎょう（する）【失業】 名・自サ 0

失業 ★

例 人生は長いですから、色々な事情で失業してしまうかもしれない。
因為人生很長，所以會因為種種原因而失業也說不定。

じっこう（する）
【実行】
名・他サ 0

實行 ★

例 彼は言ったことは必ず実行します。
他言出必行。

しぼう（する）
【死亡】
名・自サ 0

死亡，過世

例 いとこは交通事故で死亡した。
堂哥因為車禍過世了。

じまん（する）
【自慢】
名・他サ 0

自滿；自負；自誇 ★★

例 あの子は自分の成績を自慢している。
那孩子對自己的成績感到驕傲。

しゃっくり（する）
名・自サ 1

打嗝

例 しゃっくりすると心臓が痛い。
一打嗝心臟就痛。

しゃべる
【喋る】
自他五 2

說；多嘴多舌（特殊的五段動詞） ★★

例 あの子は本当によく喋る。
那個孩子真的很愛講話。
（註：跟「說話」相關的這一類動詞，都具有自、他動詞的雙重身分。）

しゅうしょく（する）
【就職】
名・自サ 0

就業 ★★

例 卒業後、すぐ就職しようと思います。
（我）打算畢業後馬上就業。

じゅうたい（する）
【渋滞】
名・自サ 0

遲滯；延誤；阻塞 ★★★

例 年末年始は高速道路が渋滞する。
歲末年初的時候高速公路會塞車。

しゅうり (する)
【修理】
名・他サ 1

修理，修繕 ★★★

例 息子(むすこ)は自分(じぶん)でコンピューターを修理(しゅうり)できる。
兒子會自己修電腦。

しゅじゅつ (する)
【手術】
名・他サ 1

手術 ★★

例 手術(しゅじゅつ)した人(ひと)のリストを下(くだ)さい。
請給我動過手術的人的名單。

しゅつじょう (する)
【出場】
名・自サ 0

出場；參加 ★

例 息子(むすこ)はレースに出場(しゅつじょう)する予定(よてい)です。
兒子預定要參加跑步。

しょうとつ (する)
【衝突】
名・自サ 0

相撞；起衝突

例 会議(かいぎ)で課長(かちょう)と意見(いけん)が衝突(しょうとつ)した。
在會議上跟課長的意見起了衝突。

しょうばい (する)
【商売】
名・他サ 1

買賣；謀生 ★

例 彼女(かのじょ)は商売(しょうばい)することが上手(じょうず)です。
她很會做生意。

しょうひ (する)
【消費】
名・他サ 0 1

消費；耗費 ★

例 こんな問題(もんだい)で時間(じかん)を消費(しょうひ)するのは馬鹿馬鹿(ばかばか)しいと思(おも)う。
（我）認為在這個問題上耗費時間很愚蠢。

しょうめい (する)
【証明】
名・他サ 0

證明 ★★

例 身分(みぶん)を証明(しょうめい)するものを何(なに)も持(も)っていません。
沒有帶任何證明身分的東西。

しょうりゃく（する）
【省略】
名・他サ 0

省略 ★★

例 この部分の説明を省略しようと思います。
（我）想省略這個部分的說明。

しんがく（する）
【進学】
名・自サ 0

升學 ★

例 来年、大学に進学しようと思います。
（我）打算明年進大學。

しんじる
【信じる】
他上一 3

相信；確信 ★★

例 彼の無罪を信じている。
（我）相信他無罪。

しんせい（する）
【申請】
名・他サ 0

申請 ★★

例 パスポートを申請する際に、必要な書類を教えてください。
請告訴我申請護照時需要什麼文件。

しんぽ（する）
【進歩】
名・自サ 1

進步 ★

例 彼の日本語は目覚ましく進歩した。
他的日文明顯地進步了。

すス

すごす
【過ごす・過す】
他五 2

度過；生活；過量 ★★★

例 今日は楽しい一日を過ごしました。
今天度過了愉快的一天。

すすめる
【進める】
他下一 0

向前進；進行；晉級；提高；加快；撥快 ★★

例 先日の会議の話を進めてください。
請進行前幾天會議的內容。

すすめる
【勧める】
他下一 0

勸告；建議 ★★

例 先生からこの小説を読むように勧められた。
老師推薦了我看這本小說。

すすめる
【薦める】
他下一 0

推薦 ★★

例 先生に薦められて、この小説を買った。
由於老師的推薦，買了這本小說。

すます
【済ます】
他五 2

做完；澄清；將就 ★★

例 晩ご飯を済ましましたか。
吃過晚飯了嗎？

すませる
【済ませる】
他下一 3

辦完；還清；應付 ★★

例 晩ご飯を急いで済ませた。
晚餐快速地解決了。

すれちがう
【擦れ違う】
自五 4 0

交錯；會車 ★

例 一昨日、彼とは擦れ違って会えなかった。
前天，跟他錯過沒碰到面。

せセ

せいかい (する)
【正解】
名・他サ 0

答對；做得對 ★★

例 彼はクイズに正解した。
他答對了益智問答。

せいこう（する）【成功】 名・自サ 0

成功；功成名就 ★★★

例 彼らはオーストラリアで成功しました。

他們在澳洲功成名就了。

せいさん（する）【清算】 名・他サ 0

結算；結帳；清算

例 過去の生活を清算して、新しい生活を始めたいです。

（我）想結束過去的生活，開始新的生活。

せいじん（する）【成人】 名・自サ 0

成年人；長大成人 ★★

例 残された二人の子は立派に成人した。

留下的兩個孩子都頂天立地地長大成人了。

せいちょう（する）【成長】 名・自サ 0

成長；成熟 ★★

例 その訓練で私は精神的に成長しました。

經過那項訓練，我在思想上成熟了許多。

せいり（する）【整理】 名・他サ 1

整理；清理；縮減 ★★

例 部屋はすっかり整理した。

房間完全整理好了。

せつやく（する）【節約】 名・他サ 0

節約；節省 ★★

例 食器洗い機を使えば、時間を節約できる。

用洗碗機的話，可以節省時間。

せんでん（する）【宣伝】 名・自他サ 0

宣傳；吹噓 ★

例 新作はいつ宣伝しますか。

何時要宣傳新作品呢？

（註：跟「說話」相關的這一類動詞，都具有自、他動詞的雙重身分。）

そソ

そうぞう（する）【想像】 名・他サ 0

想像 ★★

例 彼女(かのじょ)は私(わたし)が想像(そうぞう)していた通(とお)りの人(ひと)ではない。

她並非我所想像般的人。

そだつ【育つ】 自五 2

成長；長進 ★★

例 孫(まご)がすくすくと育(そだ)っていく。

孫子很快地成長。

そる【剃る】 他五 1

刮；剃

例 僕(ぼく)は毎朝(まいあさ)ひげを剃(そ)ります。

我每天早上刮鬍子。

そろう【揃う】 自五 2

聚集；齊全；整齊 ★

例 みんなが揃(そろ)ったら、会議(かいぎ)を始(はじ)めましょう。

大家到齊的話，就開始開會吧！

そろえる【揃える】 他下一 3

使～整齊；使～備齊 ★★

例 学生(がくせい)の数(かず)だけプレゼントを揃(そろ)えました。

只備齊了和學生人數相同的禮物。

そんけい（する）【尊敬】 名・他サ 0

尊敬 ★★

例 元社長(もとしゃちょう)はみんなから尊敬(そんけい)されていた。

前社長受到大家的尊敬。

ぞんじる【存じる・存ずる】 自他上一 3

知道（「知(し)る」、「承知(しょうち)する」、「思(おも)う」、「考(かんが)える」的謙讓語） ★

例 先生(せんせい)の新(あたら)しい本(ほん)のことは存(ぞん)じております。

知道老師的新書。

た行

MP3-32

たタ

たいがく（する）【退学】 名・自サ 0

退學 ★

例 彼は欠席日数が多過ぎて、退学させられた。

他因為曠課太多，所以被退學了。

たいくつ（する）【退屈】 名・自サ 0

無聊；厭倦 ★

例 退職して仕事をしなくなったので、毎日退屈している。

因為退休之後沒在工作，所以每天都好無聊。

たいしょく（する）【退職】 名・自サ 0

退休 ★

例 いとこは胃癌で退職しました。

表哥因為胃癌而離職了。

だいひょう（する）【代表】 名・他サ 0

代表 ★

例 寿司は日本を代表する料理です。

壽司是日本代表性的料理。

ダウン（する）【down】 名・自他サ 1

降低（他動詞）；向下；倒下（自動詞） ★★

例 材料を安いものに変えて、コストダウンしました。

已將材料改成便宜的，降低成本了。

たおす【倒す】 他五 2

打倒；弄倒；賴帳 ★

例 相手を倒して、チャンピオンになった。

打倒對手，成了冠軍。

たかまる【高まる】
自五 3

提高；增強

例 政治(せいじ)への関心(かんしん)が高(たか)まってきた。

對政治的關心提高了。

たかめる【高める】
他下一 3

提高

例 製品(せいひん)の質(しつ)を高(たか)めることは一番大切(いちばんたいせつ)です。

提高產品的品質是最重要的。

たく【炊く】
他五 0

煮 ★

例 胃腸炎(いちょうえん)になったので、お粥(かゆ)を炊(た)いて食(た)べたい。

（我）因為得了腸胃炎，所以想煮稀飯吃。

だく【抱く】
他五 0

抱著；環抱；抱持；孵蛋 ★

例 彼女(かのじょ)は腕(うで)に赤(あか)ちゃんを抱(だ)いている。

她把嬰兒抱在胳臂上。

たける【炊ける】
自下一 0

煮熟

例 ご飯(はん)が炊(た)けました。

飯煮好了。

たしかめる【確かめる】
他下一 4

確認；查明 ★★

例 出掛(でか)ける前(まえ)に、電気(でんき)を消(け)したかどうかを確(たし)かめなければならない。

外出前，必須確認是否關掉電燈。

たすかる【助かる】
自五 3

得救；得到幫助；減輕負擔 ★

例 新幹線(しんかんせん)ができたので助(たす)かりました。

因為新幹線通車，所以變得很方便了。

たすける【助ける・援ける・扶ける・輔ける】 他下一 3

幫助；救助；援助；輔佐 ★★

例 毎日母を助けるために、晩ご飯を作ります。

為了幫媽媽忙，每天做晚飯。

たたく【叩く・敲く】 他五 2

敲打；抨擊；徵詢；殺價 ★★

例 この映画は評論家に叩かれた。

這部電影受到了評論家的抨擊。

たたむ【畳む】 他五 0

折疊；合上；歇業；藏在心裡 ★★

例 母は服を畳んでいます。

母親正在摺疊衣服。

たつ【経つ】 自五 1

經過 ★★

例 月日が経つのは早いものです。

光陰似箭。

たつ【建つ】 自五 1

建，蓋 ★

例 ここがマンションの建つ場所です。

這裡是要蓋大廈的地方。

たつ【発つ】 自五 1

出發，動身 ★

例 息子は今朝、出張でタイに発った。

我兒子今天早上出發去泰國出差了。

だます【騙す】 他五 2

欺騙；哄騙；迷惑 ★

例 祖母は騙されて、高い花瓶を買ってしまった。

祖母被騙，買了很貴的花瓶。

たまる【溜まる】

自五 0

積存；積壓

例 こんなに家事が溜まっていては、なかなか片付かない。

家事積壓這麼多，總處理不完。

だまる【黙る】

自五 2

沉默；不聞不問

例 彼女は黙って、何も言わなかった。

她默不作聲。

ためる【溜める】

他下一 0

積存；積壓

例 お小遣いを溜めて、新しい靴を買います。

存零用錢買新鞋子。

たんじょう（する）【誕生】

名・自サ 0

誕生 ★★

例 新しいクラブが誕生しました。

新社團誕生了。

ちチ

ちかづく【近付く】

自五 3 0

靠近，接近 ★★

例 そんな女には近付かない方がいい。

最好別接近那種女人。

ちかづける【近付ける】

他下一 4 0

讓～靠近，讓～接近 ★★

例 そんな女を近付けないようにしなさい。

不要讓那種女人接近你。

ちこく（する）
【遅刻】
名・自サ 0

遅到 ★★

例 私(わたし)は学校(がっこう)に遅刻(ちこく)したことがありません。
我不曾上學遲到過。

ちぢめる
【縮める】
他下一 0

縮小；縮短；縮回

例 このシャツの袖(そで)を縮(ちぢ)めようと思(おも)う。
（我）想把這件襯衫的袖子改短。

ちゅうもく（する）
【注目】
名・自他サ 0

注目；注視 ★★

例 彼(かれ)は芸能人(げいのうじん)も注目(ちゅうもく)するほどの人(ひと)だ。
他稱得上是連藝人也注目的對象。

ちゅうもん（する）
【注文・註文】
名・他サ 0

訂購；訂貨；訂做 ★★

例 ネットでかばんを注文(ちゅうもん)した。
在網路上訂購了包包。

ちょうさ（する）
【調査】
名・他サ 1

調查 ★

例 警察(けいさつ)は交通事故(こうつうじこ)の原因(げんいん)を調査(ちょうさ)している。
警察正在調查車禍的原因。

ちょうせん（する）
【挑戦】
名・自サ 0

挑戰 ★★

例 彼(かれ)は今度(こんど)、新(あたら)しい世界記録(せかいきろく)に挑戦(ちょうせん)する。
他下次將挑戰新的世界紀錄。

ちょきん（する）
【貯金】
名・自他サ 0

存款，儲蓄 ★

例 彼(かれ)は毎月(まいつき)、郵便局(ゆうびんきょく)に三万元(さんまんげん)ずつ貯金(ちょきん)しています。
他每個月都在郵局存三萬元。

ちらす【散らす】 他五 0

分散；散布；散落；傳播；消炎；消腫；弄亂；亂丟；（精神）渙散

例 突然降った大雨が花を散らした。
突然下起的大雨，把花都打散了。

ちりょう（する）【治療】 名・他サ 0

治療，醫治 ★

例 最近、ニキビを治療している。
最近，正在治療青春痘。

ちる【散る】 自五 0

散落；消散；離散；擴散；分散；（精神）渙散（特殊的五段動詞）

例 広場にごみが散っている。
廣場上垃圾散布滿地。

つツ

つうきん（する）【通勤】 名・自サ 0

通勤，上下班 ★★

例 ニューヨーカーは普段、バスや電車で通勤します。
紐約客平日搭公車或電車上下班。

つうじる【通じる・通ずる】 自他上一 0

通車；通過；通用；通曉；私通；聯繫；理解 ★★

例 僕の気持ちがやっと彼女に通じたようだ。
她似乎終於理解了我的心意。

つうやく（する）【通訳】 名・自他サ 1

口譯 ★★

例 彼女は日本語から英語に通訳している。
她正將日語口譯成英語。

つかまる【捕まる・掴まる・捉まる】 自五 0

緊握；被捉拿；被捕獲 ★

例 スピード違反で捕まった。
因為超速被抓了。

つかむ【掴む・攫む】 他五 2

抓住；揪住；掌握

例 彼の心を掴むことができますか。
能掌握他的心意嗎？

つきあう【付き合う・付合う】 自五 3

交往；來往；陪伴 ★★★

例 彼女は付き合いにくい女だ。
她是個難相處的女人。

つく【付く】 自五 1 2

沾上；沾染；附上；增添；跟隨；陪同；看到；聽到；聞到；點燈；點火；著色；走運 ★★★

例 彼女は近頃付いている。
她最近很走運。

つける【着ける】 他下一 2

穿著 ★★

例 肌に着けるものは清潔に保つことが大切です。
保持貼身衣物的清潔很重要。

つながる【繋がる】 自五 0

連接；聯繫；有關聯；被束縛 ★

例 彼らは血が繋がっている。
他們有血緣關係。

つなぐ
【繋ぐ】 他五 0

捏住；連著；繫上；接上；維持

例 子供達（こどもたち）は手（て）を繋（つな）いで散歩（さんぽ）している。
小朋友們手拉著手散步著。

つなげる
【繋げる】 他下一 0

連接；維繫

例 二本（にほん）に切（き）れたひもを繋（つな）げた。
將斷成兩條的繩子接了起來。

つぶす
【潰す】 他五 0

壓壞；擠壞；搗碎；宰殺；消磨（時間） ★★

例 今日（きょう）一日中（いちにちじゅう）、小説（しょうせつ）を読（よ）んで時間（じかん）を潰（つぶ）した。
今天一整天，看小說來消磨時間了。

つまる
【詰まる・詰る】 自五 2

擠滿；塞滿；堵塞不通；窮困；縮短 ★★

例 今月（こんげつ）はスケジュールが詰（つ）まっています。
這個月行程排得滿滿的。

つむ
【積む】 他五 0

堆積；累積；裝載

例 机（つくえ）の上（うえ）にお菓子（かし）が積（つ）んである。
桌上堆著點心。

つめる
【詰める】 自他下一 2

待命；待機（自動詞）；裝進；節省；縮短；填塞（他動詞） ★★

例 ダンボール箱（ばこ）に果物（くだもの）を詰（つ）めた。
把水果裝進了紙箱。

つもる
【積もる・積る】 自他五 2 0

堆積；累積（自動詞）；估計；推測（他動詞） ★

例 雪（ゆき）が二（に）メートル積（つ）もった。
積雪達兩公尺。

3-4 動詞・補助動詞

つよまる【強まる】 自五 3

越來越強；增強

例 台湾の経済力は更に強まった。

台灣的經濟實力進一步增強了。

つよめる【強める】 他下一 3

加強；增強

例 バランスの良い栄養は体の抵抗力を強められます。

均衡的營養可以增強身體的抵抗力。

てテ

であう【出会う・出合う】 自五 2

碰見，遇到 ★★

例 会社へ行く途中で先生に出会った。

在上班途中遇到了老師。

ていあん（する）【提案】 名・他サ 0

提案，提議；建議

例 私はあなたの提案したことに同意できません。

我無法同意你所提議的事。

ていしゃ（する）【停車】 名・自サ 0

停車

例 この駅で三十分停車します。

在這個車站停車半小時。

ていでん（する）【停電】 名・自サ 0

停電 ★

例 明日の午前九時から午後三時まで停電するそうだ。

聽說明天上午九點到下午三點會停電。

デート（する）【date】 名・自サ 1

約會 ★

例 僕（ぼく）とデートしてください。

請跟我約會。

デザイン（する）【design】 名・自他サ 2

設計 ★★

例 この博物館（はくぶつかん）は誰（だれ）がデザインしましたか。

這座博物館是誰設計的呢？

てってい（する）【徹底】 名・自他サ 0

貫徹；透徹；徹底；全面 ★

例 経営方針（けいえいほうしん）を全社員（ぜんしゃいん）に徹底（てってい）させます。

讓全公司員工貫徹經營方針。

てつや（する）【徹夜】 名・自サ 0

徹夜，通宵 ★★

例 昨夜（ゆうべ）、徹夜（てつや）して小説（しょうせつ）を読（よ）んだ。

昨晚，熬夜看了小說。

とト

とうさん（する）【倒産】 名・自サ 0

倒閉；破產

例 不景気（ふけいき）で、多（おお）くの会社（かいしゃ）が倒産（とうさん）した。

因為不景氣，所以很多公司倒閉了。

とおす【通す】 他五 1

通過；貫通；過目；領進；點菜；堅持；穿線 ★★

例 今朝（けさ）、新聞（しんぶん）にざっと目（め）を通（とお）しました。

今天早上，大略地瀏覽了一下報紙。

とおりこす【通り越す】 他五 4 0

越過；超過～程度；突破

例 スマホに夢中（むちゅう）になって、家（いえ）の前（まえ）を通（とお）り越（こ）した。

顧著玩手機，走過了家門前。

とかす【溶かす・解かす・融かす・熔かす・鎔かす】 他五 2

融化；溶解；鎔化 ★

例 バターを溶(と)かしてお菓子(かし)を作(つく)る。

將奶油融化來做點心。

（註：「解(と)かす」用於強調雪跟冰融化「消失」的狀態，金屬鎔化則用「熔(と)（鎔(と)）かす」。）

とかす【解かす】 他五 2

解除

例 彼女(かのじょ)の警戒心(けいかいしん)を解(と)かしたい。

（我）想解除她的警戒心。

どきどき（する） 副・自サ 1

撲通撲通 ★

例 彼女(かのじょ)を見(み)ると、どきどきする。

一見到她，心就撲通撲通地跳著。

とく【溶く・解く・融く】 他五 1

溶解；稀釋

（指將軟軟的東西，如雞蛋等攪拌成液態）

例 片栗粉(かたくりこ)を水(みず)で溶(と)きます。

用水稀釋太白粉。

とく【解く】 他五 1

解開；解答；解除；廢除；拆開 ★

例 なぞなぞを解(と)いたことがありますか。

猜過謎語嗎？

どくしょ（する）【読書】 名・自サ 1

讀書 ★

例 彼女(かのじょ)の趣味(しゅみ)は読書(どくしょ)することです。

她的興趣是讀書。

とける【溶ける・解ける・融ける・熔ける・鎔ける】 自下一 2

融化；溶解；鎔化 ★

例 もう雪(ゆき)は溶(と)けましたか。

雪已經融化了嗎？

（註：「解(と)ける」用於強調雪跟冰融化「消失」的狀態，金屬鎔化則用「熔(と)(鎔(と))ける」。）

とける【解ける】 自下一 2

解開；解除；鬆開；消解 ★

例 その謎(なぞ)が解(と)けたのか。

那道謎語解開了嗎？

とじる【閉じる】 自他上一 2

關閉；結束（自動詞）；關著；闔上；倒閉；閉幕（他動詞） ★★

例 目(め)を閉(と)じて、ちょっと休(やす)んでください。

請閉上眼睛，稍微休息一下。

とどく【届く】 自五 2

到達；送達；周到；如願 ★★

例 注文(ちゅうもん)した本(ほん)がもう届(とど)いた。

訂購的書已經送達了。

とばす【飛ばす】 他五 0

放（風箏等）；奔馳；跳過；散佈；派遣；噴濺；被風颳走 ★

例 凧(たこ)を飛(と)ばすコツを教(おし)えてくれない？

可以教我放風箏的訣竅嗎？

ドライブ（する）【drive】

名・自サ 2

開車兜風 ★

例 昨日（きのう）は主人（しゅじん）と夜道（よみち）をドライブした。

昨天跟老公開車去夜路兜風了。

（註：此句的助詞雖然用「を」，但「ドライブする」並不是「他動詞」，並非動作直接作用的對象。）

どりょく（する）【努力】

名・自サ 1

努力 ★★

例 今（いま）まで努力（どりょく）してきた成果（せいか）を発揮（はっき）してほしいと思（おも）います。

（我）希望能發揮到目前為止所努力的成果。

な行

MP3-33

なナ

なおす【治す】 他五 2

治療 ★★

例 病気を完全に治すまで三年間掛かった。

花了三年，生病才痊癒。

ながす【流す】 他五 2

使～流動；流放；散佈；播放；沖走；流產；停止 ★

例 津波で家を流されました。

房子被海嘯沖走了。

ながれる【流れる】 自下一 3

流下；流逝；漂泊；散佈；播放；沖走；流產；停止 ★

例 涙が祖母の頬を流れた。

眼淚從祖母的臉頰流了下來。

なぐる【殴る・擲る】 他五 2

揍；毆打 ★

例 そんなことを言うと殴られるよ。

說那種話可是會被揍的喔！

なっとく（する）【納得】 名・自サ 0

理解；同意；接受 ★★

例 彼女が納得するまで説明したいです。

（我）想說明到她完全接受為止。

なまける【怠ける・懶ける】 自他下一 3

懶惰；散漫不檢點（自動詞）；怠惰（他動詞） ★

例 彼は勉強を怠けて、遊びに行った。

他讀書偷懶跑去玩了。

なやむ【悩む】 自五 2

煩惱，憂慮；疼痛 ★★

例 未来のことで悩んでも意味がありません。
縱使為未來的事煩惱，也是沒有意義的。

ならす【鳴らす】 他五 0

鳴叫；鳴放；嘟噥；宣揚

例 喉を鳴らして、スープを飲み干した。
咕嚕咕嚕地把湯喝乾了。

にニ

にあう【似合う】 自五 2

相稱，相配 ★★

例 あの子はピンク色がよく似合う。
那個孩子很適合粉紅色。

にえる【煮える】 自下一 0

煮熟；煮透；煮爛；燒開；融化成泥狀；憤怒

例 もうカボチャは煮えましたか。
南瓜煮透了嗎？

にぎる【握る】 他五 0

握住；抓住；掌握（特殊的五段動詞） ★

例 バスの吊り革を握っている。
抓著公車的吊環。

にこにこ (する) 副・自サ 1

笑嘻嘻，笑咪咪 ★★

例 彼女はいつもにこにこしています。
她總是笑嘻嘻的。

にせる【似せる】 他下一 0

模仿

例 この似顔絵はうまく似せてある。
這幅肖像模仿得很像。

にる【煮る】

他上一 0

煮；燉 ★★

例 じゃが芋(いも)を煮(に)て食(た)べた。

燉了馬鈴薯吃。

ぬヌ

ぬう【縫う】

他五 1

縫；刺繡；刺穿 ★

例 医者(いしゃ)は彼(かれ)の傷口(きずぐち)を十六針(じゅうろくはり)縫(ぬ)った。

醫生在他的傷口處縫了十六針。

ぬく【抜く】

他五 0

拔出；選出；消除；省去；竊取；攻陷；穿透；勝過 ★

例 昨日(きのう)、歯科(しか)へ虫歯(むしば)を抜(ぬ)きに行(い)った。

昨天，去牙科拔了蛀牙。

ぬける【抜ける】

自下一 0

脫落；脫離；漏掉；漏氣；遲鈍；消失；穿通；陷落 ★

例 あの子(こ)は歯(は)が一本(いっぽん)抜(ぬ)けました。

那個孩子缺了一顆牙。

ぬらす【濡らす】

他五 0

弄濕；淋濕 ★

例 大雨(おおあめ)で服(ふく)を濡(ぬ)らしてしまった。

大雨將衣服給淋濕了。

ねネ

ねあがる【値上がる】 自五 3 0

漲價 ★

例 電気代(でんきだい)が値上(ねあ)がって、家計(かけい)に大(おお)きく影響(えいきょう)した。

電費上漲，對家計影響很大。

ねあげ(する)【値上げ】 名・他サ 0

漲價；提高

例 今月(こんげつ)ガソリン代(だい)が二元(にげん)値上(ねあ)げされた。

這個月油價上漲了兩塊錢。

ねっちゅう(する)【熱中】 名・自サ 0

熱中；著迷 ★★

例 彼女(かのじょ)はヨガに熱中(ねっちゅう)している。

她熱中於瑜珈。

のノ

のこす【残す】 他五 2

遺留；留下；積存 ★★

例 彼女(かのじょ)は四人(よにん)の子供(こども)を残(のこ)して亡(な)くなった。

她留下四個孩子過世了。

のせる【乗せる】 他下一 0

使～搭乘；使～參加；誘騙；播放；擺上；和著拍子 ★

例 両親(りょうしん)を電車(でんしゃ)に乗(の)せた。

送父母搭乘了電車。

のせる【載せる】 他下一 0

使～參加；裝載；欺騙；刊登，刊載 ★★

例 写真を撮って、ブログに載せました。
拍了照片，刊載在部落格上了。

のぞむ【望む】 他五 0 2

希望；眺望；仰望 ★

例 大学進学を望んでいます。
（我）希望能讀大學。

ノック（する）【knock】 名・他サ 1

敲門；打擊 ★

例 部屋に入る前にノックしてください。
進房間之前請敲門。

のばす【伸ばす・延ばす】 他五 2

伸展；發展；發揮；稀釋；弄直；打倒 ★★

例 あの女の子は髪を長く伸ばしている。
那個女孩留著一頭長髮。

のびる【伸びる・延びる】 自上一 2

變長；延長；展開；溶解 ★★

例 あの女の子は髪が伸びた。
那個女孩頭髮變長了。

のぼる【上る】 自五 0

攀登；提升；高達 ★★★

例 その階段を上るのは時間が掛かります。
上那個樓梯很花時間。
（註：此句的助詞雖然用「を」，但「上る」並不是「他動詞」，並非動作直接作用的對象。）

のぼる【昇る】 自五 0

上升 ★

例 日が昇った。
太陽出來了。

のりこす【乗り越す・乗越す】 他五 3

坐過站

例 クラスメートと喋（しゃべ）っていて乗（の）り越（こ）した。

跟同學聊天而坐過了站。

は行

MP3-34

はハ

はいたつ(する)【配達】 名・他サ 0

郵遞；投遞；分送 ★★

例 林(りん)さんの仕事(しごと)は新聞(しんぶん)を配達(はいたつ)することです。
林先生的工作是送報。

はえる【生える】 自下一 2

長 ★

例 パンにかびが生(は)えた。
麵包發霉了。

はく【掃く】 他五 1

掃；打掃；塗抹 ★

例 弟(おとうと)は庭(にわ)を掃(は)いている。
弟弟正在打掃庭院。

はくしゅ(する)【拍手】 名・自サ 1

鼓掌；拍掌（參拜時） ★★

例 校長先生(こうちょうせんせい)の挨拶(あいさつ)が終(お)わって、みんなが拍手(はくしゅ)した。
校長的致詞結束，大家拍手了。

はずす【外す】 他五 0

摘下；解開；避開；錯過；離席 ★★

例 仕事中(しごとちゅう)、席(せき)を外(はず)してはいけません。
工作中，不能離開座位。

はずれる【外れる】 自下一 0

脫落；脫軌；脫離；落空 ★

例 天気予報(てんきよほう)は時々外(ときどきはず)れます。
天氣預報有時候會不準。

3-4 動詞・補助動詞

はっけん(する)
【発見】
名・他サ 0

發現 ★

例 どんな病気も早期に発見することが非常に大切です。
無論是哪種疾病，早期發現都是非常重要的。

はっしゃ(する)
【発車】
名・自サ 0

開車

例 電車は十五分おきに発車します。
電車每隔十五分鐘發一次車。

はったつ(する)
【発達】
名・自サ 0

發達；發展；發育；成長

例 雷雲が急速に発達した。
雷雲迅速地成長了。
（註：在天氣預報或收音機的播報當中，為了便於理解，「雷雲」也常常唸成「雷雲（かみなりぐも）」。）

はつめい(する)
【発明】
名・他サ 0

發明

例 鉛筆を発明したのは誰ですか。
發明鉛筆的是誰呢？

はなしあう
【話し合う】
自他五 4

對話；商議 ★★

例 このことについて、主人と話し合いたいです。
關於這個問題，（我）想跟老公商量。
（註：跟「説話」相關的這一類動詞，都具有自、他動詞的雙重身分。）

はなす
【離す】 他五 2

使～離開；隔開 ★

例 一メートルずつ離して、椅子を置いてください。
請每隔一公尺放一張椅子。

はなれる【離れる】
自下一 3

離開；疏遠；脫離；距離 ★

例 親友達（しんゆうたち）はだんだん離（はな）れていった。
親友們漸漸地疏遠了。

はやおき（する）【早起き】
名・自サ 2 3

早起（的人） ★

例 毎日（まいにち）早起（はやお）きしてジョギングをする。
每天早起慢跑。

はやす【生やす】
他五 2

使～生長

例 僕（ぼく）はひげを生（は）やしたいです。
我想留鬍子。

はやる【流行る】
自五 2

流行；盛行；興隆 ★★

例 最近（さいきん）、七分丈（しちぶたけ）パンツが流行（はや）っています。
最近，流行七分褲。

はる【張る】
自他五 0

伸展；發脹；緊張；強烈；昂貴；張開；裝滿；鋪平；搭設；拉直；設置；固執；爭奪；對抗；裝點；監視 ★

例 このテントは誰（だれ）が張（は）ったのですか。
這頂帳棚是誰搭的呢？

はんせい（する）【反省】
名・他サ 0

反省 ★

例 私（わたし）は自分（じぶん）の行（おこな）いをよく反省（はんせい）したい。
我想好好反省自己的行為。

ひヒ

ひきうける【引き受ける・引受ける】
他下一 4

答應；承擔；照應；繼承；保證 ★

例 彼（かれ）らはその仕事（しごと）を引（ひ）き受（う）けた。
他們承接了那個工作。

ヒット（する）【hit】
名・自サ 1

受歡迎；暢銷；（棒球）安打 ★★

例 このシリーズは大（だい）ヒットしました。
這個系列大受歡迎了。

ひっぱる【引っ張る】
他五 3

拉；拖；抓；引進；拉攏；拉長；拖延 ★★

例 子供（こども）にスカートの裾（すそ）を引（ひ）っ張（ぱ）られた。
被小孩抓了裙子的下襬。

ひやす（する）【冷やす・冷す】
他五 2

弄涼；弄冰；讓頭腦冷靜下來 ★

例 この料理（りょうり）を冷蔵庫（れいぞうこ）に入（い）れて冷（ひ）やしてください。
請將這道菜放到冰箱冰鎮。

ひょうろん（する）【評論】
名・他サ 0

評論

例 新人（しんじん）の作品（さくひん）を評論（ひょうろん）します。
評論新人的作品。

ひるね（する）【昼寝】
名・自サ 0

午睡 ★

例 午後（ごご）、何時（なんじ）に昼寝（ひるね）しますか。
下午幾點睡午覺呢？

ひろがる【広がる】 自五 0

擴展；蔓延；傳播 ★

例 南部(なんぶ)に伝染病(でんせんびょう)が広(ひろ)がっている。

傳染病在南部蔓延開來。

ひろげる【広げる】 他下一 0

打開；撐開；張開；展開；攤開；擴大 ★

例 包(つつ)みを広(ひろ)げて見(み)てください。

請將包裹打開看看。

ひろまる【広まる・弘まる】 自五 0 3

擴大；傳播；普及 ★

例 そのニュースは急速(きゅうそく)に広(ひろ)まった。

那則消息很快地傳開了。

ひろめる【広める・弘める】 他下一 0 3

擴大；傳播；推廣 ★★

例 今回(こんかい)、オーストラリアへ行(い)くのは見聞(けんぶん)を広(ひろ)めるためです。

此次澳洲之行是為了增廣見聞。

ふフ

ファックス(する)【fax】 名・他サ 1

傳真 ★★

例 来週(らいしゅう)のスケジュールをファックスしてください。

請將下週的行程表傳真過來。

ふかまる【深まる】 自五 3

加深；深厚

例 その事件(じけん)で、二人(ふたり)の友情(ゆうじょう)は深(ふか)まった。

因為那個事件，兩個人的友誼加深了。

ふかめる【深める】 他下一 3

加深

例 その事件は二人の友情を深めた。
那個事件加深了兩個人的友誼。

ふきゅう (する)【普及】 名・自他サ 0

普及 ★

例 スマホは台湾で非常に普及している。
智慧型手機在台灣非常普及。

ふく【拭く】 他五 0

擦拭 ★★

例 母は床を拭いています。
媽媽正在擦地板。

ふくむ【含む】 他五 2

含有；帶有；含著；抱持 ★★

例 蜜柑にはビタミン C が多く含まれている。
橘子含有很多維他命 C。

ふくめる【含める】 他下一 3

包含；叮囑 ★★

例 私も含めて、出席する学生は全部で二十人だった。
我也含在內，出席的學生總共是二十人。

ふける【更ける・深ける】 自下一 2

秋深；夜深

例 夜も更けたから、早く寝なさい。
因為夜深了，所以早點就寢。

ぶつかる【打つかる】 自五 0

碰到；撞上；起衝突 ★★

例 この点について、二人の考え方がぶつかった。
關於這一點，兩個人的看法發生了衝突。

ぶつける【打つける】 他下一 0

扔；撞上；提出 ★★

例 椅子（いす）に膝（ひざ）をぶつけた。

膝蓋撞上椅子了。

ふやす【増やす・殖やす】 他五 2

增加；繁殖 ★

例 コップの数（かず）を増（ふ）やしてください。

請增加杯子的數量。

プラス（する）【plus】 名・他サ 0 1

加上；有益 ★

例 一（いち）プラス一（いち）は二（に）になる。

一加一會變成二。

ふらふら（する） 副・自サ 1

猶豫；搖搖晃晃 ★

例 彼（かれ）は酔（よ）っ払（ぱら）って、足元（あしもと）がふらふらしている。

他醉了，腳步搖搖晃晃的。

ぶらぶら（する） 副・自サ 1

①溜達；遊手好閒②晃蕩；搖晃（當副詞用） ★

例 ①今日（きょう）は一日中（いちにちじゅう）ぶらぶらしていました。

今天一整天遊手好閒。

②彼（かれ）は手（て）をぶらぶら振（ふ）りながら歩（ある）いている。

他邊搖晃著手邊走著。

ふる【振る】 他五 0

揮；搖；撒；擲；甩；放棄；損失 ★

例 彼（かれ）は首（くび）を振（ふ）って断（ことわ）った。

他搖頭拒絕了。

ふるえる【震える】 自下一 0

震動；發抖，顫抖

例 あの子（こ）は緊張（きんちょう）し過（す）ぎて、声（こえ）が震（ふる）えている。

那個孩子因為太過緊張，所以聲音顫抖著。

へへ

へいきん（する）【平均】 名・自他サ 0

平均（值）；平衡

例 クラス全員の成績を平均すると、七十五点になる。

將全班的成績平均的話，是七十五分。

へらす【減らす】 他五 0

減少，削減；餓 ★

例 経費を去年より減らされた。

比起去年，經費被減更多了。

へる【経る】 自下一 1

經過；經歷；經由 ★

例 香港を経て、中国大陸へ向かいます。

經由香港到大陸去。

（註：此句的助詞雖然用「を」，但「経る」並不是「他動詞」，並非動作直接作用的對象。）

へる【減る】 自五 0

減少；餓（特殊的五段動詞） ★

例 彼は体重が十キロ減った。

他瘦了十公斤。

へんか（する）【変化】 名・自サ 1

變化 ★

例 この農村は大きく変化した。

這個農村變化很大。

へんこう（する）【変更】 名・自他サ 0

變更，更改 ★★

例 来週のスケジュールを変更しました。

更改了下週的行程表。

ほホ

ほうこく（する）
【報告】
名・他サ 0

報告；回覆 ★

例 経営方針を全社員に報告します。
向全公司員工報告經營方針。

ほうもん（する）
【訪問】
名・他サ 0

拜訪；訪問 ★

例 小学校時代の友人が私を訪問してきた。
小學時期的朋友來找我了。

ほしがる
【欲しがる】
他五 3

（用於第三人稱的）想要

例 彼女は新しいかばんを欲しがっている。
她想要新包包。

ほす
【干す・乾す】
他五 1

晾；曬；弄乾 ★

例 洗濯物を干した。
曬了洗好的衣服。

ほっと（する）
副・自サ 0 1

嘆氣；放鬆 ★

例 家族全員が無事だという知らせを受けて、ほっとしました。
得知全家人安然無恙的消息，鬆了一口氣。

ま行

MP3-35

まマ

マイナス（する）【minus】 名・他サ 0

減去；不利 ★

例 二マイナス一は一になる。

二減一會變成一。

まかせる【任せる・委せる】 他下一 3

聽任；委託；盡量 ★

例 その件は課長に任せました。

那件事委託課長了。

まく【巻く】 自他五 0

擰；捲起；纏上（他動詞）；變成螺旋狀（自動詞） ★

例 膝に包帯を巻いた。

將繃帶纏在膝蓋上了。

まげる【曲げる・枉げる】 他下一 0

弄彎；扭曲

例 この記者は事実を曲げた。

這個記者扭曲了事實。

まざる【混ざる・交ざる・雑ざる】 自五 2

摻混；夾雜 ★

例 彼女はイギリス人の血が混ざっている。

她混有英國人的血統。

まじる【混じる・交じる・雑じる】 自五 2

摻混；夾雜（特殊的五段動詞）

例 彼女(かのじょ)にはイギリス人(じん)の血(ち)が混(ま)じっている。

她混有英國人的血統。

マスター(する)【master】 名・他サ 1

精通；掌握 ★★

例 英語(えいご)をマスターしたいです。

（我）想精通英語。

まぜる【混ぜる・交ぜる・雑ぜる】 他下一 2

摻混；攪拌 ★★

例 よく混(ま)ぜてから食(た)べた方(ほう)が美味(おい)しい。

充分攪拌後再吃比較好吃。

まちがう【間違う】 自他五 3

弄錯，搞錯，錯誤 ★★★

例 早(はや)く自分(じぶん)が間違(まちが)っていることを認(みと)めなさいよ。

快承認自己錯了吧！

まとまる【纏まる】 自五 0

集中；歸納；統一；議定；完成

例 みんなの意見(いけん)がやっと纏(まと)まった。

大家的意見終於統一了。

まとめる【纏める】 他下一 0

匯集；歸納；統整；議定；完成 ★

例 みんなの意見(いけん)を纏(まと)めた。

統整了大家的意見。

まねく【招く】 他五 2

招呼；招待；招攬；招聘；招致 ★

例 歌手(かしゅ)を招(まね)いてコンサートを開(ひら)きます。
招聘歌手開演唱會。

まねる【真似る】 他下一 0

模仿 ★

例 この絵(え)は有名(ゆうめい)な絵(え)をうまく真似(まね)ている。
這幅畫把有名的畫模仿得很像。

まもる【守る】 他五 2

遵守；守護；守備；維護；保守 ★★

例 この秘密(ひみつ)は守(まも)ってください。
請保守這個祕密。

まよう【迷う】 自五 2

迷失；迷惑；迷戀 ★★

例 道(みち)に迷(まよ)ったことがありますか。
迷路過嗎？

まわす【回す・廻す】 他五 0

旋轉；傳遞；派遣；圍繞；轉送；借款；投資 ★★

例 胡椒(こしょう)をこちらへ回(まわ)してくれない？
請把胡椒粉傳過來（我這裡）好嗎？

まんぞく(する)【満足】 名・自サ 1

①滿足，滿意②圓滿（當形容動詞用） ★

例 ①今(いま)の生活(せいかつ)に満足(まんぞく)していますか。
對現在的生活滿意嗎？

②今日(きょう)は満足(まんぞく)な答(こた)えが得(え)られました。
今天得到了圓滿的答覆。

みミ

みおくる【見送る】 他五 0

送行；目送；觀望；送終 ★

例 空港で里帰りの友達を見送った。

在機場為回鄉的朋友送行了。

みかける【見掛ける】 他下一 0 3

看到；開始看 ★★★

例 街で意外と多く見掛けたのはドラッグストアだ。

意外地，在街上常可看到的是藥妝店。

ミス（する）【miss】 名・自他サ 1

犯錯；失誤 ★★

例 捕手は捕球ミスした。

捕手漏接球了。

みる【診る】 他上一 1

診察 ★

例 漢方医は彼の脈を診ています。

中醫師正在幫他把脈。

むム

むく【向く】 自五 0

向著～；趨向～；適合～ ★

例 自分に向いた仕事ができるのは嬉しい。

能做適合自己的工作很開心。

むく
【剥く】 他五 0

剥除

例 ブンタンの皮(かわ)を剥(む)いてくれませんか。
能幫我剝柚子的皮嗎？

むける
【向ける】 他下一 0

向著；派遣；挪用 ★

例 あの学生(がくせい)は図書館(としょかん)へ足(あし)を向(む)けた。
那位學生朝圖書館的方向走去。

むける
【剥ける】 自下一 0

剝落

例 足(あし)の皮(かわ)が剥(む)けた。
腳的皮剝落了。

むす
【蒸す】 自他五 1

蒸熱（他動詞）；悶熱（自動詞） ★

例 肉(にく)まんを蒸(む)しました。
蒸了肉包。

むすぶ
【結ぶ】 自他五 0

繫；連結；締結；緊閉；結束（他動詞）；凝結；結果實（自動詞） ★★

例 瑞蘭出版社(ずいらんしゅっぱんしゃ)と契約(けいやく)を結(むす)んだ。
跟瑞蘭出版社簽約了。

めメ

めいれい(する)
【命令】 名・自他サ 0

命令 ★

例 社長(しゃちょう)は部下(ぶか)に出張(しゅっちょう)するよう命令(めいれい)した。
社長命令了屬下出差。

めくる
【捲る】 他五 0

掀；翻；撕；扯 ★

例 彼(かれ)はカレンダーを捲(めく)った。
他將日曆撕了下來。

メモ (する)
【memo】 名・他サ 1

備忘錄；紀錄；筆記；作筆記 ★★

例 大切(たいせつ)なことをメモしておく。
把重要的事情先記錄下來。

もモ

もうしこむ
【申し込む・申込む】 他五 4 0

提議；申請；報名；預約 ★★

例 インターネットでコンサートのチケットを申(もう)し込(こ)んだ。
在網路上預約了音樂會的票。

もえる
【燃える】 自下一 0

燃燒；耀眼；洋溢

例 あのビルが燃(も)えました。
那棟大樓著火了。

もむ
【揉む】 他五 0

搓揉；按摩；著急；擁擠；磨練；爭辯 ★

例 彼女(かのじょ)は手(て)を揉(も)みながら謝(あやま)りました。
她一邊搓著手一邊道了歉。

もやす
【燃やす】 他五 0

燃燒；燃起

例 仕事(しごと)に情熱(じょうねつ)を燃(も)やしましょう。
燃起對工作的熱情吧！

や行

MP3-36

やヤ

やくす【訳す】 他五 2

翻譯 ★

例 彼は英語の小説を中国語に訳した。
他將英文小説翻譯成了中文。

やくだつ【役立つ】 自五 3

有用，有效，有益 ★★

例 アメリカのドラマを見ることは英語の勉強に役立つ。
看美國的電視劇對英文學習有用。

やくだてる【役立てる】 他下一 4

對～有用 ★★

例 寄付金を貧乏な家庭に役立てる。
捐款對貧困的家庭很有幫助。

やけど（する）【火傷】 名・自サ 0

燒傷；燙傷 ★

例 やかんで手にやけどした。
讓水壺燙傷了手。

やぶる【破る】 他五 2

弄破；打破；打敗；破壞；違反 ★

例 彼はオリンピック記録を破りました。
他打破了奧林匹克記錄。

やぶれる【破れる】 自下一 3

破損；破裂；破滅 ★

例 破れた服は捨てた方がいいと思う。
（我）認為破掉的衣服最好丟掉。

やりとり（する）
【遣り取り】
名・自他サ 2

交談；交往；爭吵；互送禮物 ★★

例 両社長（りょうしゃちょう）はテレビ電話（でんわ）でやり取（と）りしました。
兩位社長用視訊交談。

ゆユ

ゆうそう（する）
【郵送】
名・他サ 0

郵寄 ★

例 履歴書（りれきしょ）は郵送（ゆうそう）してください。
履歷表請用郵寄。

ゆずる
【譲る】 他五 0

讓步；轉讓；傳給；賣給；延宕 ★

例 アパートをいとこに安（やす）く譲（ゆず）った。
將公寓便宜轉讓給了表姊。

ゆでる
【茹でる】
他下一 2

煮；川燙

例 空心菜（くうしんさい）を茹（ゆ）でて食（た）べた。
將空心菜川燙後吃了。

ゆにゅう（する）
【輸入】
名・他サ 0

輸入，進口 ★★

例 この会社（かいしゃ）は毎年（まいとし）、たくさんの自動車（じどうしゃ）を外国（がいこく）から輸入（ゆにゅう）している。
這家公司每年，都從國外進口很多汽車。

ゆらす
【揺らす】
他五 0

搖動；搖擺

例 強（つよ）い風（かぜ）が木（き）の枝（えだ）を揺（ゆ）らしている。
強風搖動著樹枝。

ゆるす【許す・赦す】 他五 2

准許；容許；饒恕，赦免；鬆懈 ★★

例 高橋先生は遅刻を許さない。
高橋老師不允許遲到。

よヨ

よごす【汚す】 他五 0

弄髒 ★

例 本を汚してしまった。
把書弄髒了。

よせる【寄せる】 自他下一 0

使～靠近；加上；集中；提出；投靠；投寄；思慕（他動詞）；靠近；逼近；拜訪（自動詞） ★

例 車を家の外壁に寄せる。
將車子停靠在家的外牆。

よそう（する）【予想】 名・他サ 0

預想，預料，預測 ★

例 試合の結果は予想できません。
無法預測比賽的結果。

よっぱらう【酔っ払う】 自五 0

喝醉 ★

例 主人はもう酔っ払ってしまった。
老公已經喝醉了。

よぼう（する）【予防】 名・他サ 0

預防 ★

例 生活習慣病は、予防することができます。
慢性病是可以預防的。

よわまる【弱まる】

自五 3

變弱；變衰弱

例 年(とし)を取(と)って、体力(たいりょく)がすっかり弱(よわ)まってしまった。

年紀大了，體力十分衰弱了。

よわめる【弱める】

他下一 3

使～變弱；使～變衰弱；削弱

例 ガスコンロの火(ひ)を弱(よわ)めてください。

請把瓦斯爐的火關小。

ら行

MP3-37

らラ

らくだい (する)【落第】 名・自サ 0

考試不及格；沒考上；留級

例 彼(かれ)は高校時代(こうこうじだい)に二度(にど)も落第(らくだい)しました。
他高中時留級過兩次。

らんぼう (する)【乱暴】 名・自サ 0

①動粗；粗魯；蠻橫不講理；草率
②隨便（當形容動詞用）

例 ①いくら怒(おこ)っても乱暴(らんぼう)してはいけない。
無論怎麼生氣都不能動粗。

②物(もの)を乱暴(らんぼう)に扱(あつか)わないでください。
請不要粗魯地對待東西。

りリ

りかい (する)【理解】 名・他サ 1

理解；諒解 ★★

例 彼女(かのじょ)が理解(りかい)するまで説明(せつめい)したいです。
（我）想說明到她理解為止。

りこん (する)【離婚】 名・自サ 0

離婚

例 彼(かれ)は五年前(ごねんまえ)に離婚(りこん)しました。
他五年前離婚了。

リサイクル (する)【recycle】 名・他サ 2

回收 ★★

例 このノートは古紙(こし)をリサイクルして作(つく)ったものです。
這種筆記本是將廢紙回收製成的。

りゅうがく(する)
【留学】
名・自サ 0

留學 ★★

例 先輩(せんぱい)は日本(にほん)に留学(りゅうがく)している。
學姊正在日本留學。

りゅうこう(する)
【流行】
名・自サ 0

流行；盛行；興隆 ★★★

例 最近(さいきん)、七分丈(しちぶたけ)ズボンが流行(りゅうこう)しています。
最近，流行七分褲。

りょうがえ(する)
【両替】
名・他サ 0

兌換 ★★

例 台湾(たいわん)ドルを日本円(にほんえん)に両替(りょうがえ)した。
將台幣兌換成日幣了。

れレ

れんあい(する)
【恋愛】
名・自サ 0

戀愛 ★

例 私(わたし)は遠距離(えんきょり)恋愛(れんあい)している。
我在遠距離戀愛中。

れんぞく(する)
【連続】
名・自他サ 0

連續 ★★

例 彼(かれ)は連続(れんぞく)して一週間(いっしゅうかん)欠席(けっせき)しました。
他連續缺席一個星期了。

レンタル(する)
【rental】
名・他サ 1

出租 ★★

例 この車(くるま)をレンタルするのにいくら掛(か)かりますか。
租這輛車要花多少錢呢？

ろロ

ろくおん（する）
【録音】
名・他サ 0

録音 ★

例 会話と重要な例文の部分だけ録音した。
只將會話跟重要例句的部分錄音了。

ろくが（する）
【録画】
名・他サ 0

錄製 ★

例 卒業式の様子を録画して、記念に取っておく。
錄製畢業典禮的情形，留下來做記念。

ロック（する）
【lock】
名・他サ 1

鎖；鎖上；閉鎖 ★★

例 あの部屋はロックされてしまった。
那個房間被上鎖了。

ろんじる
【論じる・論ずる】
他上一 0 3

論述；討論；爭論

例 この記事は地球温暖化の問題について論じている。
這篇報導論述關於地球暖化的問題。

わ行

MP3-38

わワ

わかれる【分かれる】 自下一 3

分開；劃分 ★★

例 うちのクラスは四つのグループに分かれている。

我們班分成四組。

わける【分ける・別ける】 他下一 2

分開；區分；分發；穿過 ★★

例 先生は私達を四つのグループに分けた。

老師將我們分成了四組。

わりこむ【割り込む・割込む】 自他五 3

擠進；插隊；插嘴；降價 ★

例 列に割り込んでくる人が大嫌いです。

最討厭插隊的人。

わる【割る】 他五 0

除以；切開；割開；劈開；打破；打碎；稀釋；擠進；離間 ★★

例 十割る二は五だ。

十除以二等於五。

MP3-39

うる【得る】 1

能夠～；可能～（特殊的下一段動詞，是「得（え）る」的文語形） ★

例 それも有（あ）り得（う）ることだ。
那也是有可能的事。

きれる【切れる】 2

～光，～完 ★★

例 このパンはもう売（う）り切（き）れた。
這種麵包已經賣光了。

3-5

副詞

新日檢 N3 當中，「副詞」的部分，占了 4.15%，如「相変わらず（照舊）」、「いつの間にか（不知不覺地）」、「きちんと（好好地）」、「少なくとも（至少）」、「偶々（偶然）」、「もしかすると（或許）」、「やや（稍微）」……等，每個單字都有其獨特的意義與用法，值得認真學習。

あ行

MP3-40

あいかわらず【相変わらず】 0

照舊，依然如故 ★★

例 母(はは)は相変(あいか)わらず元気(げんき)です。

家母一如往常很健康。

あんなに 0

那樣地，那麼地 ★

例 彼女(かのじょ)があんなに綺麗(きれい)だとは思(おも)わなかった。

沒想到她那麼美。

いご【以後】 1

～（特定時間）之後；今後

例 以後(いご)、注意(ちゅうい)します。

今後會注意的。

いぜん【以前】 1

～（特定時間）之前；過去，從前 ★★

例 林(りん)さんとは以前(いぜん)、会(あ)ったことがある。

以前跟林先生見過面。

いちどに【一度に】 3

同時；一下子 ★

例 一度(いちど)に二人(ふたり)の話(はなし)を聞(き)くことはできない。

無法同時聽兩個人講話。

いつか【何時か】 1

遲早，早晚；曾經；總有一天 ★★

例 いつかヨーロッパへ行(い)ってみたいです。

總有一天（我）想去歐洲看看。

いっさくじつ【一昨日】 3 4

前天（也說成「一昨日(おととい)」） ★★

例 一昨日(いっさくじつ)、伯母(おば)さんの家(うち)へ行(い)きました。

前天，去了伯母家。

いっさくねん【一昨年】 4 0

前天（也說成「一昨年（おととし）」） ★★

例 一昨年（いっさくねん）、台湾（たいわん）に来（き）ました。

前年，來到了台灣。

いっしょう【一生】 0

一輩子 ★★

例 このことは一生（いっしょう）忘（わす）れられません。

這件事情永生難忘。

いったい【一体】 0

究竟，到底 ★★

例 いったい、いつ台湾（たいわん）に帰（かえ）るんですか。

究竟何時回台灣呢？

いつのまにか【何時の間にか】 4

不知不覺地 ★★

例 いつの間（ま）にか、もう春（はる）です。

不知不覺地，已經是春天了。

いまにも【今にも】 1

眼看～，不久～，馬上～ ★

例 今（いま）にも雨（あめ）が降（ふ）りそうだ。

眼看就要下雨了。

いままで【今迄】 3

以往，過往，到現在為止 ★★

例 今（いま）までの人生（じんせい）を後悔（こうかい）しています。

對於過往的人生感到後悔。

うっかり 3

①無意中②不留神，不小心（當動詞用） ★★

例 ①うっかり言（い）い間違（まちが）えた。

無意中說錯話了。

②うっかりして電車（でんしゃ）を乗（の）り間違（まちが）えた。

一不小心就搭錯電車了。

3-5 副詞

おもいきり
【思い切り】 0

盡情地，痛快地；徹底地 ★★

例 偶(たま)には思(おも)い切(き)りお金(かね)を使(つか)いたい。

（我）偶爾也會想痛快地花錢。

おもわず
【思わず】 2

不由得，忍不住；下意識地 ★★

例 彼女(かのじょ)は思(おも)わず泣(な)き出(だ)した。

她忍不住哭了出來。

か行

MP3-41

かなり
【可成り】 1

很，相當 ★★★

例 今日(きょう)はかなり寒(さむ)いです。

今天相當冷。

きちんと 2

好好地；規律地；整齊地；準確地 ★★★

例 きちんと列(れつ)に並(なら)んでください。

請好好排隊。

きらきら 1

閃爍

例 星(ほし)がきらきら光(ひか)っている。

星星閃閃發光。

ぎらぎら 1

閃耀

例 夏(なつ)の日差(ひざ)しがぎらぎら照(て)り付(つ)けている。

夏天的陽光閃耀地照射著。

ぐっすり 3

熟睡 ★

例 赤(あか)ちゃんはぐっすり眠(ねむ)っている。

嬰兒熟睡著。

こんなに 0

這樣地，這麼地 ★

例 こんなに綺麗(きれい)なのに、なんで彼氏(かれし)がいないの？

明明這麼美，為什麼沒有男朋友呢？

さ行

MP3-42

ざあざあ(と) 1

稀哩嘩啦地（雨勢盛大，或是水流湍急的聲音）

例 雨(あめ)がざあざあ(と)降(ふ)っています。

雨稀哩嘩啦地下著。

さくじつ【昨日】 0 2

昨天（也說成「昨日(きのう)」） ★★

例 昨日(さくじつ)、雑誌(ざっし)をたくさん買(か)いました。

昨天，買了很多雜誌。

さくねん【昨年】 2 0

去年（也說成「去年(きょねん)」） ★★

例 弟(おとうと)は昨年(さくねん)、二十歳(はたち)になった。

弟弟去年滿二十歲了。

じっと 0

凝視；聚精會神；靜止不動 ★★

例 私(わたし)の顔(かお)をじっと見(み)て話(はな)してください。

請看著我的臉說話。

じつは【実は】 2

其實上 ★★

例 実(じつ)は、相談(そうだん)したいことがあります。

其實上，（我）有事想要商量。

すくなくとも【少なくとも】 3

至少 ★

例 もう三年間も勉強したのだから、少なくともある程度まではいかなければならない。

因為已經學了三年，所以至少該有某種程度了吧！

すこしも【少しも】 0 2

一點也不～（後接否定） ★

例 あなたの言ったことが少しも分からない。

一點都不能理解你所說的事情。

ぜったい(に)【絶対(に)】 0

絕對地，堅決地 ★★★

例 彼の意見には絶対（に）反対です。

堅決反對他的意見。

ぜひ【是非】 1

務必，一定 ★★★

例 是非忘年会に参加してください。

請務必參加尾牙。

せんじつ【先日】 0

前幾天 ★★

例 先日、大学時代のクラスメートに会った。

前幾天，遇到了大學時期的同學。

ぜんじつ【前日】 0

前一天 ★

例 結婚式の前日は、緊張して眠れなかった。

婚禮的前一天，緊張得睡不著覺。

そのまま【其の儘】 4

原封不動；就那樣 ★★★

例 荷物はそのまま置いておいてください。

行李請原封不動地擺著。

それぞれ【其れ其れ・夫れ夫れ】 2 3

①各自②各自（當名詞用） ★★

例 ①彼(かれ)らの考(かんが)え方(かた)はそれぞれ違(ちが)います。
他們的想法各自不同。

②彼(かれ)らのそれぞれの意見(いけん)が聞(き)きたいです。
（我）想聽聽他們各自的意見。

た行

MP3-43

たえず【絶えず】 1

持續不斷地

例 雨(あめ)が昨日(きのう)から絶(た)えず降(ふ)っている。
雨從昨天開始就持續不斷地下著。

たまたま【偶々・偶偶】 0

偶然 ★★

例 偶々(たまたま)いつもより一本遅(いっぽんおそ)い電車(でんしゃ)に乗(の)ったら、友達(ともだち)に会(あ)った。
偶然搭了比平常晚一班的電車，結果遇到了朋友。

ちょくせつ(に)【直接(に)】 0

直接 ★★

例 直接(ちょくせつ)（に）言(い)ってください。
請直說。

つい 1

①不由得，忍不住②不知不覺地 ★★

例 ①あまりに悲(かな)しくて、つい泣(な)き出(だ)してしまった。
因為太傷心了，所以忍不住哭了出來。

②お菓子(かし)が美味(おい)しくて、つい食(た)べ過(す)ぎてしまった。
因為點心很好吃，所以不知不覺吃太多了。

ついに【遂に・終に・竟に】 1

終於 ★

例 論文を遂に書き終わった。
終於把論文寫完了。

つぎつぎと・つぎつぎに【次々と・次々に】 2

接連不斷地 ★

例 問題が次々と起こった。
問題接連不斷地發生了。

どうしても【如何しても】 4 1

怎麼也～，無論如何都～ ★★

例 どうしても留学したいです。
無論如何（我）都想要留學。

どうじに【同時に】 0 1

①同時②一～就～ ★

例 ①二人は同時に言い始めた。
兩個人同時開始說話了。

②夜が明けると同時に出発しよう。
天一亮就出發吧！

とつぜん【突然】 0

突然 ★★

例 突然、大学時代のクラスメートが訪ねてきた。
大學時期的同學突然來訪了。

どんなに 1

怎麼地，如何地 ★★

例 どんなに寝ても眠いです。
無論怎麼睡都還是很睏。

な行

MP3-44

のんびり(と) 3

悠閒地；無拘無束地 ★

例 最近(さいきん)は随分(ずいぶん)のんびり（と）過(す)ごしています。

最近過得相當悠閒。

は行

MP3-45

はっきり(と) 3

清楚地，明確地；斷然地 ★★★

例 行(い)きたくないなら、はっきり（と）断(ことわ)ってください。

不想去的話，請斷然地拒絕。

ばらばら(と) 1

七零八落地；凌亂地

例 小銭(こぜに)がばらばら（と）落(お)ちた。

零錢掉得四處都是。

ぴったり(と) 3

恰好；正合適；說中；猜中 ★★

例 バスはぴったり（と）時間通(じかんどお)りに着(つ)いた。

公車準時抵達了。

ふたたび【再び】 0

再次

例 去年(きょねん)の冬(ふゆ)、再(ふた)び京都(きょうと)へ行(い)った。

去年的冬天，再次去了京都。

ぺらぺら 1

滔滔不絕地；流利地 ★★

例 彼女(かのじょ)は日本語(にほんご)がぺらぺら喋(しゃべ)れます。

她能夠把日文說得很流利。

ま行

MP3-46

まえもって【前以って】 3

事先，預先 ★

例 前(まえ)もって、メールで知(し)らせてください。

請事先用郵件通知。

まさか 1

萬萬沒～；絕不可能～（後接否定） ★★

例 まさか彼(かれ)が来(く)るとは思(おも)わなかった。

萬萬沒想到他會來。

ますます【益々・益益・増す増す】 2

越來越～ ★

例 彼女(かのじょ)はますます綺麗(きれい)になった。

她變得越來越漂亮了。

まったく【全く】 0

①全然（後接否定）②完全（當名詞用） ★★

例 ①彼女(かのじょ)はこのこととは全(まった)く関係(かんけい)がない。

她跟此事全然無關。

②あなたの話(はなし)は全(まった)くの嘘(うそ)だった。

你的話完全是謊言。

まるで【丸で】 0

①好像②全然（其後接帶有否定意味的詞語）★★

例 ①あの女(おんな)の子(こ)はまるで人形(にんぎょう)のように可愛(かわい)いです。

那個女孩像娃娃一樣可愛。

②日本語(にほんご)がまるで分(わ)からない。

全然不懂日語。

めったに【滅多に】 1

不常；不多（後接否定）★

例 彼女(かのじょ)は滅多(めった)に怒(おこ)らない。

她不常生氣。

もしかしたら【若しかしたら】 1

或許（表示推測）★★

例 もしかしたら、彼女(かのじょ)は来(く)るかもしれない。

或許她會來也說不定。

もしかして【若しかして】 1

萬一（＝もしも）；
或許（＝もしかすると）★★

例 もしかして彼女(かのじょ)が来(こ)なければ、どうしますか。

萬一她不來的話，該怎麼辦？

もしかすると【若しかすると】 1

或許（表示推測）★★

例 もしかすると、彼女(かのじょ)は来(く)るかもしれない。

或許她會來也說不定。

や行

MP3-47

やや【稍】 1

稍微；片刻

例 今年（ことし）の冬（ふゆ）は去年（きょねん）よりやや寒（さむ）いです。

今年的冬天較去年稍微冷一些。

3-6
接頭語・接尾語

新日檢N3當中，「接頭語・接尾語」占了2.72%。「接尾語」除了當「數量詞」用之外，也有表示「時間、地點、階級、地位、花色……等」的各式用法，如「～柄（花樣）」、「～通り（套）」「～向き（適合）」……等；N3中特別值得提出的是「接頭語」，如「第（第）～」、「古（舊的）～」、「来（下）～」……等，是N5、N4中不曾出現過的。

MP3-48

かく【各】 1

每個～ ★

例 各部門から作品を三つ提出してください。

每個部門請提出三件作品。

こ【小】 0

小～；少～；稍微～ ★

例 あの小猫は可愛いです。

那隻小貓很可愛。

こう【高】 0

高～

例 母は高血圧なので、毎日薬を飲まなければならない。

母親由於高血壓，所以必須每天吃藥。

だい【第】 1

第～（表示順序） ★★

例 第三課を予習してください。

請預習第三課。

はん【半】 1 0

半～ ★★

例 半月前から運動会の準備をしている。

從半個月前開始為運動會做準備。

ふる【古・故・旧】 1

舊～

例 古新聞で紙袋を作った。

用舊報紙做了紙袋。

まい【毎】 0

每～ ★★★

例 毎週二回、新竹へ行きます。

每週去新竹兩次。

らい【来】 0

下～ ★★★

例 来週、日本へ出張します。

下週，去日本出差。

MP3-49

い【位】 1

～位（表示階級、地位等） ★

例 誰が第一位か。

誰是第一名呢？

か【日】 1

～號；～天（表示日期、日數） ★★

例 明日から三日間休暇を取ります。

從明天開始請假三天。

か【課】 0

～課

例 彼女は会計課で働いている。

她在會計課工作。

かしょ【箇所・個所】 1

～處；～地方

例 受付は二箇所あります。

受理櫃台有兩處。

がら【柄】 0

～花樣 ★

例 ①赤と白の細い縞柄はあまり好きではない。

不太喜歡紅白相間的細條紋花樣。

②花柄のワンピースでパーティーに参加するつもりです。

打算穿著花紋圖案的連身洋裝去參加派對。

ぎょう【行】 1 0

～行

例 上から六行目を見てください。

請看從最上面數來的第六行。

けん【券】 1

～票

例 野球の試合の入場券を四枚買った。

買了四張棒球比賽的門票。

ご【後】 1

～後 ★★★

例 一時間後に戻る予定です。
預計一個小時之後回來。

ごと 0 1

連同～一起

例 葡萄を皮ごと食べた。
將葡萄連皮一起吃掉了。

ごと【毎】 1 0

每隔～ ★★

例 新竹へ行くバスは三十分ごとに出ている。
到新竹的公車每半小時發出一班。

さ 1

「名詞化」用法，接續在「形容詞」、「形容動詞」，以及一部分的「助動詞」之後，使該字變成「名詞」 ★★★

例 この小説の面白さが分からない。
不懂這本小說的趣味。

じかんめ【時間目】 0

第～小時 ★★

例 今日の三時間目は、地理の授業です。
今天的第三堂課是地理課。

しつ【室】 2

～室 ★★

例 佐藤先生の研究室はどこですか。
佐藤老師的研究室在哪裡呢？

じょう【畳】 1 0

～張；～塊（計算榻榻米的單位） ★

例 息子の部屋は四畳半です。
我兒子的房間是四張半榻榻米的大小。

そく【足】 1 0

～雙（計算鞋襪的單位）★

例 今日（きょう）はハイヒールを二足（にそく）買（か）いました。

今天買了兩雙高跟鞋。

ちょうめ【丁目】 3

～丁目（日本區域劃分單位）★

例 あの店（みせ）は何丁目（なんちょうめ）にありますか。

那家店在幾丁目呢？

つき【付き・附き】 0

附帶～ ★★

例 駐車場付（ちゅうしゃじょうつ）きのマンションを探（さが）しています。

正在找附有停車場的大廈。

ど【度】 1

～度（計算溫度、次數、眼睛度數等的單位）★★

例 今日（きょう）は三十五度（さんじゅうごど）で暑（あつ）いです。

今天三十五度，好熱。

とう【頭】 1

～頭（計算動物的單位）

例 あの動物園（どうぶつえん）には象（ぞう）が五頭（ごとう）います。

那個動物園有五頭大象。

とおり【通り】 0 1

～種類；～套；～組

例 百科事典（ひゃっかじてん）を一通（ひととお）り買（か）った。

買了一套百科全書。

ねんせい【年生】 1

～年級 ★★

例 お子（こ）さんは今（いま）、何年生（なんねんせい）ですか。

令郎現在幾年級呢？

ばんめ【番目】 0

第～號 ★★★

例 六番目（ろくばんめ）の方（かた）、どうぞお入（はい）りください。

第六號的客人請進。

びん
【便】 0

～運

例 この小包を船便で送ると、いくらですか。
這個包裹用船運寄送的話，要多少錢呢？

ほ・ぽ
【歩】 1

～步（測量距離的單位）

例 前へ十（＝十）歩進んでください。
請往前走十步。

ミリ 1
ミリメートル
【(法) millimètre】 3

毫米（公厘，公釐） ★

例 今朝、百ミリの雨が降った。
今天早上，下了一百毫米的雨。

むき
【向き】 0

適合～；有～的傾向 ★★

例 これは高校生向きの英語文法書です。
這是適合高中生的英語文法書。

めい
【名】 1

～名，～位（計算人數的單位） ★★

例 何名様ですか。
請問有幾位呢？

もよう
【模様】 0 2

～花樣，～圖案 ★

例 ①黒と白の細い縞模様が好きです。
喜歡黑白相間的細條紋花樣。

②花模様の服が好きです。
喜歡花紋圖案的衣服。

③水玉模様のワンピースが一番好きです。
最喜歡點點圖案的連身洋裝。

もん【問】 1

～題（計算問題數目的單位） ★

例 十問（じゅうもん）のうち、六問（ろくもん）が正解（せいかい）です。

十題裡，答對了六題。

よう【様】 1

～樣子；～方法；～風格 ★

例 お祖母（ばあ）さんは大変（たいへん）な喜（よろこ）び様（よう）です。

奶奶高興得不得了。

れつ【列】 1

～列；～排 ★★

例 一列（いちれつ）に並（なら）んでください。

請排成一列。

わ【羽】 1

～隻（計算鳥類、兔子的單位） ★

例 うさぎを二羽（にわ）飼っています。

養了兩隻兔子。

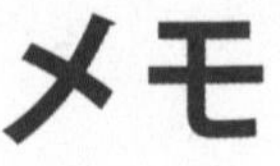
メモ

3-7

其他

新日檢 N3 當中出題率相當高的「接續詞」、「連體詞」、「連語」、「感嘆詞」，均在此作說明介紹。最後補充「基礎會話短句」，幫您逐步累積新日檢的應考實力。

MP3-50

すなわち【則ち・即ち・乃ち】 2

也就是

例 主人(しゅじん)は今度(こんど)の日曜日(にちようび)、すなわち八日(ようか)に帰(かえ)ります。
我老公下週日，也就是八號回來。

そこで【其処で】 0

於是，因此 ★★★

例 来年結婚(らいねんけっこん)する予定(よてい)です。そこで新(あたら)しい家(いえ)を買(か)おうと思(おも)っています。
預計明年結婚。因此（我）打算買新房子。

そのうえ【其の上】 0

而且 ★★

例 彼女(かのじょ)は綺麗(きれい)で、その上(うえ)、頭(あたま)がいいです。
她很漂亮，而且頭腦很好。

それとも 3

或者，還是 ★★

例 寿司(すし)にしますか、それともカレーライスにしますか。
決定吃壽司，還是咖哩飯呢？

で 0

那麼～；所以～（「それで」的略語） ★

例 で、私(わたし)は行(い)かなかった。
所以，我沒去。

ところが 3

但是，然而 ★

例 一生懸命(いっしょうけんめい)探(さが)しました。ところが見付(みつ)からなかった。
拚命找了。
但是沒找到。

ところで 3

對了～（用於轉換話題） ★★

例 ところで、あの小説（しょうせつ）はもう読（よ）みましたか。

對了，那本小説看了嗎？

なぜなら(ば)【何故なら(ば)】 1

其原因在於～

例 明日（あした）のパーティーには参加（さんか）できない。何故（なぜ）なら（ば）、残業（ざんぎょう）があるから。

明天無法參加派對。為什麼呢？因為要加班。

3-7 其他

MP3-51

ほんの【本の】 0

僅僅；一點點 ★

例 駅(えき)は家(いえ)から歩(ある)いて、ほんの五分(ごふん)です。

從家裡走到車站，僅僅五分鐘。

わが【我が・吾が】 1

我（們）的 ★

例 我(わ)が社(しゃ)はサービス業(ぎょう)です。

我們公司是服務業。

MP3-52

かっこいい 4
かっこういい 5
【格好いい】

好棒；好帥；好酷 ★★★

例 あの車（くるま）は格好（かっこう）いいです。
那輛車好酷。

そのうち
【其の内】 0

不久～，過些日子～ ★★

例 その内（うち）、また台湾（たいわん）に来（き）ます。
過些日子，會再來台灣。

MP3-53

あっというま(に)【あっという間(に)】 01	一眨眼的功夫 ★★★ 例 二十年（にじゅうねん）ぶりの同窓会（どうそうかい）があっという間（ま）に終（お）わった。 睽違二十年的同學會，一眨眼就結束了。
あれ・あれっ 0	哎呀！啊！咦！ ★★ 例 あれっ、もう十一時（じゅういちじ）ですか。 咦！已經十一點了嗎？
やあ 1	啊！哎呀！（表示驚訝）；啊！（打招呼）；殺啊！（助威聲） ★ 例 やあ、びっくりしました。 哎呀！嚇了我一跳！

MP3-54

いけません。	不行！
お掛(か)けください。	請坐下。
お構(かま)いなく。	請別客氣。
お元気(げんき)ですか。	你（您）好嗎？
お先(さき)に（失礼(しつれい)します）。	先告辭了。
お邪魔(じゃま)します。	打擾了。
お世話(せわ)になりました。	承蒙您照顧了。
お待(ま)ちください。	請等一下。

お待(ま)ちどおさま。

讓你（您）久等了。

ご遠慮(えんりょ)なく。

請別客氣。

ただいま。

我回來了。

申(もう)し訳(わけ)ありません。

實在很抱歉。

ようこそ
いらっしゃいました。

歡迎您的到來。

宜(よろ)しく
お伝(つた)えください。

請代為問候。

メモ

メモ

メモ

國家圖書館出版品預行編目資料

一本到位！新日檢N3滿分單字書 / 麥美弘著
-- 初版. -- 臺北市：瑞蘭國際, 2019.09
272面；17×23公分 --（檢定攻略系列；62）
ISBN：978-957-9138-32-1（平裝）
1.日語 2.詞彙 3.能力測驗

803.189　　108014478

檢定攻略系列62

一本到位！新日檢N3滿分單字書

作者｜麥美弘
審訂｜佐藤美帆
責任編輯｜葉仲芸、王愿琦
校對｜麥美弘、葉仲芸、王愿琦

日語錄音｜彦坂はるの
錄音室｜采漾錄音製作有限公司
封面設計｜劉麗雪、余佳憓
版型設計｜劉麗雪、陳如琪
內文排版｜余佳憓

瑞蘭國際出版

董事長｜張暖彗・社長兼總編輯｜王愿琦
編輯部
副總編輯｜葉仲芸・副主編｜潘治婷・文字編輯｜林珊玉、鄧元婷
設計部主任｜余佳憓・美術編輯｜陳如琪
業務部
副理｜楊米琪・組長｜林湲洵・專員｜張毓庭

出版社｜瑞蘭國際有限公司・地址｜台北市大安區安和路一段104號7樓之一
電話｜(02)2700-4625・傳真｜(02)2700-4622・訂購專線｜(02)2700-4625
劃撥帳號｜19914152 瑞蘭國際有限公司
瑞蘭國際網路書城｜www.genki-japan.com.tw

法律顧問｜海灣國際法律事務所　呂錦峯律師

總經銷｜聯合發行股份有限公司・電話｜(02)2917-8022、2917-8042
傳真｜(02)2915-6275、2915-7212・印刷｜科億印刷股份有限公司
出版日期｜2019年09月初版1刷・定價｜300元・ISBN｜978-957-9138-32-1

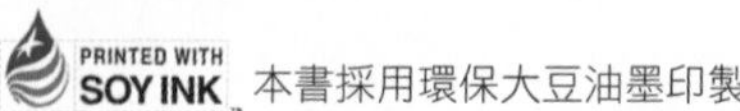

本書採用環保大豆油墨印製

瑞蘭國際